アザレアに喝采を

Cheers for Azalea

藤咲えこ
FUJISAKI EKO

幻冬舎 MC

アザレアに喝采を

目次

アザレアに喝采を

I　節制

きっかけは、たわいもないことだった。

ちょっとした軽口を言われただけなのに、真に受けて気にし過ぎた。それだけのことだった。

「やだぁ、栞《しおり》、お腹まん丸じゃないの、パンダみたいで可愛いわね」

同僚の杉山美香に就業後のロッカールームでからかわれた。

美香はスタイル抜群で、制服のタイトスカートから伸びたすらりと長い脚にハイヒールを履いて颯爽とオフィスを歩く。華のある美人だが気さくで、いつもはっきりとしたもの言いをするので裏表がない。だから美香は誰からも好かれて、一目置かれている。

冗談と分かっていても、美香に笑われたような気がして、栞は恥ずかしくてうつむいた。最近外食が続いているからか、スカートのウエスト辺りがきつくなっていたことは事実だった。

「ダイエットしなくちゃ」、栞の中で初めて芽生えた感情だった。

元々は159センチ45キロで決して太っているわけではなく、骨格が細いから華奢に見られるくらいだった。

学生時代にはどうしてもと頼まれて大学祭のミスコンに出たことがあるし、ＯＬになってからは街中で取材を受けたこともある。写真をたくさん撮ってもらって、その中の一枚がファッション雑誌の「街角スナップ」に掲載されたことは、栞のちょっとした自慢だ。

つぶらな瞳とはっきりとした濃い眉、そして栞にはどこか凛とした雰囲気があった。

「よし！　まずお菓子や甘いものは食べない。それからご飯は軽く一杯くらいにしよう」

こうして栞のダイエットは始まった。それは若い女性なら誰でもするくらいの、気軽なダイエットのスタートに過ぎなかった。

一九八〇年代の終わり頃、世の中はバブル景気の真っ只中にあり、それは栞が二十二歳の春のことだった。

暖かな陽射しのもと街のあちらこちらでは、アザレアが赤、ピンク、朱、白と色とりどりの花をつけ始めていた。栞の家の石垣にも、石の隙間を埋めるようにアザレアが生え、毎年ピンク色の大ぶりの花を咲かせていた。栞は馴染みのあるこの花が子供の頃から好きだった。

春本番を思わせるアザレアの花を見ると、何か新しいことが始まる予感で期待に胸が膨らむのだった。

青木栞は大手総合商社で働いている。制服はあるものの、都心のオフィスビルにお洒落をして通勤できることに満足していたし、これで商社マンとの結婚も夢ではないと本気で考えていた。大手総合商社の内定を勝ち得たのは、早くから就職活動を始めてコツコツと試験勉強をし、何度も先輩訪問をして面接のシミュレーションを繰り返したことの結果だと思っていた。

栞は元々が真面目な性格で、何事においても一生懸命に取り組む。傍目にはどこか苦しいほどにも見える努力の積み重ねによって、これまで成し遂げてきたものはいくつもあった。それは自分の頑張りのお陰で上手くいった成功体験として、一つまた一つと確実に積み上げられていった。

例えば小学生の頃の九九の暗唱や、漢字の書き取りは誰よりも早く覚えた。担任の先生に勧められて始めた早朝の自主マラソンも、誰が見ているわけでもないのに休むことなく早起きして毎朝走り続けた。そして何枚もの「頑張りカード」をご褒美スタンプで一杯にした。ホームルームの時間には先生から褒められて、クラスの皆からも「すごい、栞ちゃん頑張ったね〜」と驚かれたが、だからといってマラソンや陸上競技が好きだったわけでもないし、このマラソンのお陰で健康で丈夫な身体になったといえるほどのことでもなかった。ただ、真面目に頑張り続けただけのことだ。

要するにその取り組み自体に意味があろうがなかろうが、「これはやらなければならない」と一たびスイッチが入ると、栞は全力で頑張ってしまう。周りの皆はどうしているか、今どんな様子かと伺う余裕もなく、ただひたすらに最大限の努力をすることが常だった。

けれどその真面目さとひたむきさが生み出すいくつもの成功体験は、栞の中に自己肯定感を芽生えさせた。

——努力すれば報われる、褒めてもらえる。だからちゃんと頑張らなきゃいけないのよ。

栞の通った高校は進学校だったため、生徒に与えられる課題はいつもそれなりのボリュームがあった。

中でも高校一年生の冬休みに百人一首を百首全て丸暗記する課題は、冬休みの二週間足らずの間にほかの教科の課題も出される中では、かなり負荷がかかるものだった。

それは毎年恒例の課題となっていて、冬休み明けにはテストも行われた。テストは一部空欄になっている箇所を埋めるとか、上の句と下の句を結び付けるような易しい問題ではなく、上の句が書いてあれば下の句を、下の句なら上の句を記述する形式で、百首全て出題された。

だから百首を完全に暗唱できなければ合格は難しかった。

栞は冬休みが始まると、毎日十首ずつ暗記した。前日までに覚えた分も必ず復唱するようにしたので、新しく十首覚えるのに費やす時間は一時間程度だとしても、日ごとに復唱に時間がかかるようになっていった。

それでも計画を立てた通りに、十日目には百首を全て暗唱できるようになった。冬休みの残りの日は、覚えた百首を完璧にそらんじられるようにひたすら暗唱を繰り返して、万全の態勢でテストに臨み合格した。

時間をかけて真面目に取り組みさえすれば、誰だって合格できるはずなのに、合格したのは栞ただ一人だけだった。クラスの皆が大して努力してこなかったことが栞には大きな驚きだった。

適当にするとか、ほどほどにしておくという選択肢があるとは考えもしなかった。確かにクラスの男子が言っていたように、百人一首の丸暗記が受験にそれほど役立つとは思えなかった。だから暗記に多くの時間を費やすことは無駄だという考え方もあるだろう。けれど、与えられた課題をいい加減にすることは栞には決してできないことだった。

クラスの皆が合格するまで何度も追試を受ける中で、あんなに努力したんだから私は一回で合格して当然よと思う一方で、この一件で幼い頃から「栞ちゃんは頑張り屋さん」と言われてきた訳を自覚することになった。

「私ってホント真面目だなぁと思ったわ。でもどうしても、つい、頑張り過ぎちゃうんだよねぇ。適当にしておいた方が楽だし、却《かえ》って上手くいくことだってあるかもしれないのにね。お母さんはどう思う？　皆は百人一首を暗記したって受験には意味ないって言うのよ、そんなふうに割り切ってしまえばいいのかしら」

「栞は冬休み、ずっと頑張ってたもんねぇ。だから合格できたんでしょう？　頑張ればいい大学に行けて、そうしたらいい会社に就職できるでしょ。それでいい人と出会って結婚できるんだから、それが一番幸せに決まっているじゃないの」

母の多恵子は歌うように繰り返し言って、栞の中にもそれは疑いようのない事実として、しっかりと刷り込まれていった。

「そうね、頑張って頑張って、頑張るから、幸せな結婚ができるんだわ」

美香にからかわれてダイエットを思い立つ一か月ほど前に、栞は学生時代からの恋人、小島亮と別れたばかりだった。

小島は年は一つ上だが浪人していたため学年は栞と同じで、近隣のいくつかの大学の学生たちから成るサークルで知り合った。サークルではテニスを始めとして大勢で楽しめる球技やボーリング、冬場にはスキー合宿やスケートにも行くような、よくあるスポーツを通した学生同士のお楽しみサークルだった。

何かにかこつけては飲み会も頻繁に行われたが、小島は出会ったばかりの頃から飲み会の席ではいつも栞の隣に座りたがって、栞への想いはサークル部員皆の知るところとなった。いつも輪の中心にいて、面白い冗談を言いながらも周囲に気遣いができ、サークル内を上手くまとめている小島から好意を伝えられれば、栞もまんざら悪い気はしなかった。だから二人の仲が「公認」になるのには、それほど時間はかからなかった。

いつも取るに足らないお喋りをして、あちこち出かけては美味しいものを食べてお酒もよく飲んだ。

栞が踵の高い靴を履くと、二人の身長差があまりなくなることを除けば、小島の方が栞に夢中だったことで二人の付き合いは学生にしては長い間上手くいっていた。

小島はクリスマスが近づくと、都心にある高層ホテルのメインダイニングを早くから予約していた。

それを聞かされた栞は、嬉しいよりも何を着ていけばいいのだろうとおじけづいてしまった。ホテルのメインダイニングでのクリスマスディナーが、まだ学生の二人にとっては、どんなに贅沢なものであるかをよく知っていたからだ。

「せっかくのクリスマスなんだし、いいじゃん、行こうよ。バイト代入ったしさ。大丈夫だって。栞ちゃん、夜景の見えるレストランに行ってみたいって言ってたでしょ」

「うん、そうだけど。本当に私たちがそんなレストランに行って大丈夫なのかしら。でもそれなら、私、服も靴もコートもぜ〜んぶ新しく買わなきゃね、やっぱり、なんだか楽しみになってきたわ」

「今度一緒に買い物に行こうよ、俺も新しいジャケット欲しいしさ」

クリスマスのその日、ホテルの高層階にあるメインダイニングのレストランからは、キラキラ輝くビル群の美しい夜景が一望できた。

「わぁ、なんて綺麗……」

よく晴れた冬の夜で、煌めく都会の摩天楼は息をのむほど美しく、初めて目にする景色に栞はいつまでも見とれてしまう。何もかもが贅沢な造りの店内には、上質のカーペットが敷き詰められ、静かにピアノの生演奏が行われていた。キャンドルの灯されたテーブルには、銀製のカトラリーが厚手のテーブルクロスの上にいくつもセッティングされている。栞には全てが目新しく、大人の世界に足を踏み入れたような気がした。

精一杯お洒落をしてきたはずだったが、今夜のために選んだ紺色のワンピースの襟元には可愛らしいレースが施されていることと、足首のところでリボンを結ぶデザインのパンプスが、どうにも子供っぽく思えて落ち着かなかった。

緊張した面持ちの栞に普段通り優しく話しかける小島は、新調したばかりのジャケット姿もさまになっている。

「栞ちゃん、飲み物はどうしようか？　ソフトドリンクにしておく？　それともワインでも飲んじゃう？」

「何これ！　見て！　グラスワインよりオレンジジュースの方が高いよ」

ドリンクメニューを指さして、栞はつい、いつもの調子になってしまう。

「本物のオレンジを使っているからじゃないかなぁ、きっと特別美味しいオレンジジュースなんだよ」

「ふうん、なんだかおかしいわよね、じゃあさ、グラスワインならそんなに高くないから、それで乾杯しましょうよ」

レストランでは背伸びして振る舞わなければならなかったが、栞にとって小島は頑張らなくても楽に一緒にいられる相手だった。

初めて食べたフォアグラの味は美味しいかどうかもよく分からなかったにしても、栞を喜ばせようとあれこれ考えてくれる小島は栞にとって大切な恋人であった。


ところが、小島が大学四年生の冬に事件が起きた。

就職も内定が出て後は卒業を待つばかりの頃、小島は最後の試験で「不可」を取り、単位不足で留年が決定してしまったのだ。

栞は短大を卒業し、既に二年近く社会に出て働いていたが、この春からは小島が就職することでお互いに社会人となる。燃えるような恋とはいえなかったかもしれないけれど、栞にとって小島は安心してありのままの自分をさらけ出すことができる相手だった。だから一緒にいて気楽だし、このまま付き合いが続けば先々結婚することになったとしても、平凡な幸せくらいは掴めるのではないかという気持ちでいた。

それなのに突如として状況は変わり、さらにこれからもう一年間学生を続けなければならなくなったという小島に、栞は心底呆れた。

小島の要領の悪さ、肝心な所での運のなさにこれ以上付き合いきれないと思ってしまったのだ。栞が社会人となってからは、どこか小島に対して物足りなさを感じていたことと、二十二歳の栞にとっては、これからの一年間がとても長く感じられて、あっさりと別れを決めた。

「俺、こんなんでホント格好悪いよね、ごめん。今までだって栞ちゃんには本当は俺じゃない方がいいんじゃないかって思ってたよ、俺よりふさわしい人がきっといると思う」

――あぁ、本当にそうかもしれない。

小島が言うようにまだ出会えていないだけで、もっとほかにいい人がいるだろうという気持ちが確かにあることに栞は気がついた。

「別にもう、この人じゃなくてもいいかな、って思ってさ。この四月で就職して三年目になるのに、いつまでも学生とだらだら付き合うメリットもないしね」

美香や小島とのことをよく知る友人には別れの原因をそんなふうに話したが、それは栞の本心だったけれど、小島との別れは思いのほか長く寂しさをもたらしていた。

真夏の昼下がり、課長が一万円札を差し出した。

「杉山さん、これで抹茶ソフト買ってきてくれる？　皆で食べようよ」

栞の勤める会社の側には老舗のお茶屋さんがあって、その店の抹茶ソフトクリームは濃い抹茶の味わいがとても人気だ。

「はーい、課長、ありがとうございます！　これで午後も頑張れそうです！　行ってきます！」

月末のことで誰のデスクの上も、作成し始めた得意先向けの請求書や入力しなければならないデータが山積みされている状況だ。それでも課長のご指名を受けた美香は、厭《いと》わず席を立ち上がって、喜んで買いに出て行った。いつも愛嬌がたっぷりあって親しみやすい美香は、同僚や先輩からだけでなく上司からも気に入られていた。

電話が鳴って、受話器を取る前に栞は大きなため息を一つついた。

それは月末の入金や支払いの処理など、経理事務の煩雑な業務に追われているからではない。

昨年までもこの時期には、誰かしら抹茶ソフトを差し入れしてくれることはあった。けれど今はダイエット中で食べるわけにはいかず、困ったことになったと憂鬱に感じていたのだ。ダイエットのことは恥ずかしくて、美香にも誰にも内緒にしていた。

抹茶ソフトは手渡されたら口に入れる以外、ほかにはどうすることもできない。溶けてしまうので、「後で食べます」とどこかに置いておくこともできないから誤魔化しようがない。個包装されたお土産のお菓子などとは違って、扱いに困るのだ。

間もなく美香が戻って来て、事務所にいる全員に抹茶ソフトが配られていく。栞はその場から逃げ出したい衝動に駆られたが、ひとまず差し出されるままに受け取った。

食べてしまおうか、いや、食べるわけにはいかない、手が滑ったふりをして床に落としてしまおうか。あれこれ思い巡らせた末にその場にいたたまれず、栞は抹茶ソフトを手にしたまま事務所をそっと離れ、ひとり給湯室に向かった。けれど給湯室で食べるなら、さっき皆と事務所で一緒に食べる方が自然だった。

頭の中では「食べる、食べない」と堂々巡りしていたが、ついに「食べない」と決めた。その時、茶殻を捨てる蓋つきの黄色いバケツが目に入った。

これに隠して捨てに行こうと思いつき、栞はバケツの中に急いで抹茶ソフトを隠し、そっと事務所を出た。

エレベーターホールを抜けて廊下を突き当りまで歩く。その距離がとてつもなく長く、遠く、右手に持ったバケツがやけに重たく感じられた。

誰かに会ったらどうしよう、誰かに呼び止められて咎《とが》められたらどうしよう、栞は胸の鼓動が途端に早くなっていくのを感じた。

足早にトイレに駆け込んで個室の扉を閉め、抹茶ソフトを一気に便器に流す。瞬きもせず、トイレの水が抹茶ソフトの緑色に変わって流れていく様子を呆然と見つめた。

トイレでは目にするはずのない「緑色の水」を見つめながら、栞はこの光景は異様だと思った。

処分できた安堵の気持ちより、食べ物を隠して捨てた罪の意識と、自分のとった異常な行動に栞の気持ちは鉛のように沈んでいった。

何をしているんだろう、どうしてこれくらい食べられないのだろう、何で食べ物のことでこんなにコソコソして苦しむのだろうと重たい気持ちを抱えたまま席に戻り、再びパソコンに向かった。

「あれ？　栞、もう抹茶ソフト食べた？　早いね」

「あぁ……うん、美香、悪いけどここ教えてくれる？　どうしてもエラーになるんだよね」

咄嗟《とっさ》に話を切り替えて美香とパソコンの画面を見つめたが、栞の胸の動悸はなかなか治まらず、訝《いぶか》しげに見つめる課長の視線にも気づけないでいた。

ただのダイエットのつもりが、いつの間にか痩せていることが何よりも価値のあることに変わっていた。初めは一時《いっとき》の間、甘いものやお菓子を制限するだけのつもりだったのに、自分でも気づかないうちに制限の範囲は広がっていった。

体重計に乗れば、結果がはっきりと目に見えて数字に表れることで、それがそのまま努力が報われたように感じ、栞の喜びとなった。頑張りが報われて確実に成功しているという実感が自身を高揚させていたともいえる。

「自分で食べていいと決めたもの以外は、絶対に食べない」

栞は自分を甘やかすことなく自分で作り出したルールを忠実に守り、痩せることへの願望を抱き続けた。

抹茶ソフトクリームの一件に限らず、食べ物のことが原因で日常の生活で困る出来事は何度も起こった。

そもそも家での食事が厄介だった。食べてはいけないと自分で決めたものがどんどん増えていったからだ。カロリーの高いものは口にしないと決め、一日の摂取カロリーを一二〇〇キロカロリーまでとするために、食品成分表を何度も読んで食べ物のカロリーをしっかりと覚えていった。

母の多恵子が用意してくれる食事は、ほとんどが食べてはいけないものに変わってしまった。

家に帰ると揚げ物の油の良い香りがする。

「お帰りなさい。今夜は海老フライにしたわ。たまにはちゃんと食べなさいよ。栞はちっとも太ってないじゃないの」

綺麗に衣が付けられた海老がバットに並んでいる。

「雑炊でいい」

栞は言葉少なに言うと、海老の衣を水で洗い流してしまった。多恵子はあっけにとられてその様子を見ていたが、怒ったような困ったような多恵子の表情を栞はまともに見ることができなかった。

せっかく用意してくれる多恵子の手料理を栞は台無しにし続けた。申し訳ない気持ちと恥ずかしさと、絶対に食べてはダメなのだという気持ちの狭間《はざま》で苦しんだ。

けれど栞にとっては、自分で作る雑炊だけが安心して食べられる夕食だったのだ。

少しのご飯と水を入れて、一人用の小さな土鍋を火にかける。具はネギとえのき茸と卵。それに今夜は海老も入れる。

朝はトースト一枚と紅茶。昼は会社にお弁当を作って持っていくようになった。ご飯と茹でた野菜と、ボイルした魚かゆで卵を小さな弁当箱に詰めた。不味くはないが、どれも美味しいものでもなかった。濃い味は砂糖を多く使うので、味付けはほとんど塩だけの薄味にした。

「お弁当の方が安上がりでいいでしょ」

そんな言い訳をして、皆と一緒に会社の近くにあるお気に入りのパスタの店にも、社員食堂にも行くことはなくなっていった。

ダイエットを始めるまでは、昼休みの時間はいつも楽しみだった。

朝顔を合わせれば「今日ランチどこに行く？」が挨拶代わりで、財布一つだけを持って会社からほど近いあちこちの店に出かけた。冬場になれば制服の上から厚手のカーディガンを羽織って外に出る。オフィス街の昼時の風景の中に、同僚たちといつも笑いさざめきながら歩く栞の姿があった。

部内の女子社員の誰かが誕生日なら、近くのホテル内にある中華料理のレストランで少し奮発してお祝いをするか、ピザのデリバリーを頼んで会議室で昼休み時間ぎりぎりまでお喋りに興じることもあった。

会社の辺りは飲食店の多い場所で、部長や課長の気が向けばフレンチレストランでのコース料理や名店の鰻など、ちょっとした贅沢をさせてもらえることも時にはあった。

そんな恵まれた日常を自ら遠ざけることで、美味しいものを食べて幸せな気持ちになる「食べる楽しみ」を栞はもう忘れかけていた。

誰かと一緒に食事をすると人との違いが露呈してしまうことが恥ずかしくて、できる限り一人で食事をとりたかった。

けれど会社員として働く以上、どうしても付き合いを無下に断れないことが栞をますます悩ませ、苦しめ、疲弊する日々へと繋がっていった。

入社して三年目となり、一緒に仕事をする同僚や先輩、上司とも信頼関係を築けて、もうお互いに気心がよく知れた人たちからの誘いを断ってしまえるほどの度胸は栞にはなかった。ダイエットが原因で誰かを不愉快にさせたり、傷つけたり、嫌われてしまうことは避けたいことだった。

周りの人との関係を保ちながら、尚且《なおか》つ気づかれないように激しいダイエットをする、この二つを両立させることは元よりできるはずのないことなのに、そうするために栞はいつも「食べる」ことで頭を悩ませていた。

栞の様子を家族は心配したが、何を言っても栞は頑《かたく》なで聞こうとせず、どうすることもできないまま月日は過ぎていった。

ある日、結婚退職をした先輩の川田さんのお宅に、栞は会社の仲間とお邪魔することになった。面倒見が良く、仕事のできる頼もしい川田さんは誰からも慕われていた。栞も入社したばかりの頃、川田さんに丁寧に仕事を教えてもらい、随分と可愛がってもらった。

川田さんはシステムエンジニアのご主人と一歳の誕生日を迎えたばかりの息子の翔太くんと、幸せそうな暮らしぶりだった。都心から少し離れた閑静な住宅街にある一軒家は、そう広くはないが若い夫婦が暮らすには十分で、注文住宅だけあって使い勝手良く考えられた間取りや真新しい内装、センスの良い家具は栞の憧れる結婚生活のイメージそのものだった。

「わぁ、リビング広い！　フローリングも綺麗！」

「キャビネットもアンティーク調で素敵ですね」

「ありがとう。でも、翔太が汚すから大変なのよ。だからソファーはカバーを洗えるように布製にしたの。あ、トイレは、廊下に出て左側だから遠慮なく使ってね」

川田さんはいそいそと、家の中を案内して回った。

皆口々に褒めて、真面目そうなご主人と、可愛い盛りの翔太くんと理想的ともいえるこの家で暮らす川田さんを羨ましがった。

「栞ちゃん、見て見て。ビーフシチューを作ったのよ。翔太が起きてくる前に朝早くから頑張ったの。あとはもう少しこうして煮込んでおいて、仕上げにさっと生クリームを入れるだけなのよ」

川田さんは満足そうに微笑んで鍋の蓋を取った。赤ワインと香味野菜とブイヨンの良い香りがして、よく煮込まれた牛肉の塊は脂で輝いて見える。

「わぁ！　美味しそう、いい匂い！」

今日は特別、出されたものはちゃんと食べると栞は心に決めていた。

手のかかる幼い子供がいる川田さんが、私たちを招いてもてなしてくれる。その手料理を残すことはいくらなんでもできないと初めから思っていた。せっかく久しぶりに集まった場の雰囲気を壊したくもなかった。


「食べる」か「食べない」かは予め自分で作り出したルールによってしっかりと決められていて、予定以外のものを口にすることは決してなかった。

「食べ物に支配されている」と栞は感じていた。

カロリーや栄養成分などで食べてよいかどうかが決まる。だから「自分より食べ物の方が偉い」のだった。それは栞の頭の中では正当なことになっていて、もう自分のしていることはよくある普通のダイエットではなく、拒食症という摂食障害であることにも気づき始めていた。

「食べ物に支配されている」と思うことは、摂食障害の症状の一つとしてダイエットの本に書いてあった。

けれど、これはもうダイエットではなくて病気なんだから、治さなくてはいけないという気持ちにはならなかった。栞は自分がたとえ拒食症であっても、自分の意志でコントロールできていると思っていたからだ。

拒食症の症状がひどくなれば当然栄養失調になってしまい、その結果命に関わることにもなりかねない。入院しての治療が必要になるケースはいくらでもある。そもそも拒食症には特効薬といえるものはなく、本人の治したい、治りたいという気持ちが肝心なのだ。治るか治らないかは本人の気持ちが何より重要だ。

強制的に入院させたとしても、本人の痩せることへの願望が変わらなければ、拒食症患者と何とか栄養を摂らせたい家族や医師、看護師の間で壮絶な闘いが繰り広げられることになる。腕につけられた点滴を引きちぎって、病院を脱走してしまう拒食症患者さえいるという。

そういった拒食症についての知識も持ってはいたが、栞はそんな恥ずかしいことはまっぴらだと思っていた。だからそこまでひどくならないように自分でコントロールして、生きていく上での必要な栄養素だけはしっかり摂ると決めていた。何でもかんでも闇雲《やみくも》に食べないタイプの拒食症とは違い、炭水化物、タンパク質、ミネラルなどのバランスも考えて必要な栄養素を摂っているつもりだった。それでも脂質だけはダイエットの大敵であるという思い込みが栞の頭から離れることはなかった。

突然翔太くんが火がついたように泣き出した。はしゃいで転んでしまったようだ。

「翔太、どこぶつけたの？　ママに見せて。よしよし、痛かったね～よしよし」

川田さんは翔太くんを抱っこしてあやし、泣きやむまで誰もがその様子を見守った。

「焦げてる！　焦げてる！」

美香の声に、川田さんは慌ててキッチンに駆け込んだ。

翔太くんにかかりきりになって、火のついたままのビーフシチューのことを忘れていた。

「あ～、しまった！　底の方は焦げちゃった。これはもうダメかも～」

川田さんは残念そうに言ったが、そのまま食事は始まった。せっかくのビーフシチューは煮詰まってしまったけれど食べられないことはなさそうだ。

「食べる」と決めていたので、栞は一番先に口にした。それは久しぶりに味わう肉の脂の旨味で、お世辞抜きで美味しいと感じた。

「栞ちゃん、どう？　煮詰まって、苦いくらいだよね。ごめんね～無理して食べないで。みんなも無理して食べないでね。ほんと、ごめんね～」

川田さんは少しも悪くないのに皆に謝り続け、「食べないで。もう食べないでいいから」と何度も繰り返した。

そこで栞の気持ちは一気に「食べない」方に傾いた。「食べる」つもりで覚悟をして来たのに食べなくていいらしい。

よし、それなら食べない、そう決めると栞はひとり先に帰る算段を始めてしまった。ビーフシチューがダメになったから、この後手土産のケーキや焼き菓子が早目に出されるだろう。だからその前に帰ろうと思いついた。不自然に思われないようにサラダやパンを食べて、皆と会話をする間も、栞の頭の中は先に帰る上手い言い訳を考えることで一杯になった。

「夕方から家族で出かける予定に変わったので」という言い訳に決めて、栞はひとり川田邸を後にした。

帰りの電車で座席に座ると、途端に嘘をついて先に帰ってしまったことの後悔が押し寄せた。家に帰ってからも、美香か誰かが手土産に持っていったケーキや焼き菓子を家に届けに来るような気がしてならなかった。そんなことは起こるはずがないのに、一度考え始めるとその妄想は止まらなくなった。

嘘をついたことを咎《とが》めに来るのではないかという妄想にも苦しめられ、逃れたはずのケーキや焼き菓子に追いかけられるような気がした。

もう何もかも、苦しい。本当は、皆と一緒にいたかったのに。嘘なんてつきたくなかったのに。どうして食べちゃいけないって思っているんだろう、どうして自分で食べていいとか、いけないとか決めてしまうのだろう。

それすらも分からないのに、栞にとって何の制限もせず食べることは、もう怖いことになっていた。

食べ物は自分よりも偉い存在で、「食べ物に支配されている」のだから自分の好きなように食べることは許されない。食べ物の前ではただ黙ってひれ伏し、服従するしかないのだ。


生理はいつの間にか来ないことが当たり前になって、体重は36キロになった。鎖骨の辺りがゴツゴツとし、目だけが大きく、何を着ても服がぶかぶかして見えるようになった。

それでも栞は自分で決めたルールに従うことをやめられないまま秋が過ぎ、冬が始まろうとしていた。

何の予定もない代わり映えのしない休日が続いて、栞はすることもなく退屈で雑誌の

「ダイエット特集」をひとり眺めていた。ここに書いてあることくらいもう全部知っていると思うのに、ダイエットの情報はいつも気になって隅から隅まで隈なく読んでしまう。

誰かと外で食事することをできる限り避けて、いつもまっすぐ家に帰った。家では毎日同じようなものを食べて、休みに出かける機会も減っているのだから、刺激もときめきもない生活が退屈なのは当たり前だった。お洒落をすることが栞の一番の楽しみだったのに、洋服を試着してもどれもサイズ感が不自然で、何を着ても似合わず買い物さえもあまりしなくなっていた。栞は自分には何もなくて、からっぽだと虚しく感じていた。


凍てつくような冷たい日が続いたある日、招待状が届いて学生時代の友人、奈津子の結婚披露パーティに招かれた。懐かしい学生時代の友人が集まることに心は動いて、栞は出席することにした。パーティでの「食べる」「食べない」という葛藤や痩せていることを指摘されるかもしれないと考えると、億劫に思う気持ちもあったが、拒食症のせいでもう栞の心は疲れ切っていた。家と会社を往復するだけの毎日にも、カロリーコントロールをすることにも飽き飽きしていた。

いつもと違う場所に行って、懐かしい友達にも会ってみよう、何より奈津子に会って結婚をお祝いしたいという気持ちがあった。

場所はターミナル駅の高層ホテルの宴会場で、久しぶりの華やかな場所に栞の心は浮き立った。

「栞、久しぶり、あれ？　どうかしたの？　痩せちゃって」

誰からも開口一番「細い、痩せた」と言われ続けた。痩せていると言われることが、本当は嬉しいはずなのに、素直に喜ぶ気持ちにはなれなかった。

披露宴は立食形式だから食べなくても目立たないので、あまり食べないつもりで来たのに、この日は会場に並ぶ料理が宝石のように輝いて見える。

もう「食べない」ことにうんざりして、「今日は何を食べてもいい」と自分に許可した。

そもそも誰からも言われるように、やっぱりこれでは痩せすぎていると自分でも思うようになっていた。

だからちょっとくらい食べ過ぎたって構わない。

それは初めて自分に許した甘えであり、油断でもあった。

栞は宴会場のテーブルに並べられた料理を眺め、取り皿を持ちサーバーを手にした。

冷製のオードブルはあっさりとしたものが多いので興味はない。魚のカルパッチョもスモークサーモンのサラダも今日は食べたいとは思わないが、その先にずらりと並ぶ湯気の上がる温製の料理は、栞が食べたいものばかりだ。もう葛藤はなく、食べたいと思うものを全部皿に載せていく。

オマール海老のテミドールはたっぷりとチーズがかかり、こんがりと黄金色に焼けている。豚肩肉のローストは香草と肉の脂の良い香りがして、傍らに粒マスタードソースとエシャロットソースの二種類のソースポットが用意されている。牛フィレ肉のパイ包み焼きもある。パイはバターが多く使われているので、もう長いこと栞は口にしていない。ローストビーフはシェフがその場で切り分けてサーヴィスしている。ふかふかに焼きあがったローストビーフにナイフが入ると、淡いピンク色の肉の断面が現れた。シェフは肉に手早くグレイビーソースをかけ、付け合わせの野菜を添えてクレソンを飾ると、うやうやしく栞に皿を差し出した。

「ポム・ピューレは、お肉やソースとご一緒にお召し上がりください」

栞はシェフに言われた通りに、ジャガイモのピューレを肉と一緒に口にした。久しぶりに味わう肉の旨味と、しっかりと濃い味のグレイビーソースにちょうど良い具合にジャガイモのピューレが絡む。

口にしたその時、栞ははっきりと気持ちの高ぶりを覚えた。

久しぶりの友達と近況を報告し合い、仲間の噂話に相槌をうちながらも、栞はオマール海老と肉料理を食べ終えると、魚介のフリット、骨付きのソーセージ、蒸したての点心を皿に載せた。

その後握り鮨を食べると栞は満腹になった。日頃多くは食べないため胃が小さくなっているのだろう。これ以上はもう入りそうにない。

それでも、今日だけ、今日だけ特別、明日になったらまた食べられないんだからと自分に言い訳をして、また新しい皿を手にした。フランボワーズのムースとガトーショコラを皿に載せてバニラアイスクリームを添える。

「明日になったらまた食べられない」、それは栞が自分で決めたルールなのに、明日からの食べられない生活にほとほと嫌気がさした。

痩せこけた栞が、タガが外れたように食べ続ける様子は、誰の目にもどこか奇異に映った。

深紅のカクテルドレスを着た奈津子は、幸せそうに夫となった人の隣で微笑んでいる。

やだ、私まだ奈津子にちゃんとお祝いを言っていない。

宴が終わりに近づく頃にやっと栞が気づいた時、奈津子の方から声をかけてきた。

「栞、今日はわざわざありがとうね。せっかく来てくれたのにまだゆっくり話せてないし二次会に来ない？　すぐ近くでこの後カラオケ予約してあるんだ」

新婦の奈津子は普段は控えめなおっとりとしたタイプだが、大きく背中のあいたカクテルドレスを堂々と着こなして、その美しさに栞がたじろぐほどだ。

「うん、ありがとう。カラオケ楽しそうだけど、御馳走を食べ過ぎちゃったみたいなの。かっこ悪いけどお腹が痛くて」

「大丈夫？　そんなに細いからだよ。栞、いつもちゃんと食べてるの？」

晴れの日を迎えた新婦の奈津子を心配させてしまったことが恥ずかしくて、栞は胸が痛んだ。

「うん、大丈夫、大丈夫。今日はこれで帰るね、ごめんね。でもまた時間作って二人でゆっくり会おうよ」

本当にお腹が痛くて、重くて、立っているのがやっとの有様だったのだ。食べ過ぎてお腹が痛い、恥ずかしくても隠さずに言うことが一番この場から早く解放される方法だと栞は考えた。これまでに経験のない痛みだった。

会社には連絡を入れて休みをもらい、栞は翌日、病院に行くことにした。

ただの食べ過ぎによる腹痛にしてはいつまでも治まらなかったので、検査を受けることになった。胃のバリウム検査では特別異常は認められなかったが、血液検査の結果、すい臓の炎症反応の数値が高いということだった。

「すい臓の炎症反応がかなり高いですね。う～ん、何でだろう。毎日お酒をかなり飲みますか？」

「いいえ、最近はほとんど飲んでいません」

「う～ん、じゃあ何でかなぁ。とにかく消化の良いものを食べるようにして、油っこいものは極力避けてくださいね」

食べ物を消化する働きが衰えているため、油分の多いものはすい臓に負担がかかり、腹痛の原因になるので避けた方が良いと医師から説明を受けた。

飲酒の習慣もない若い女性がすい臓を患う原因を特定できず、医師は不思議がった。

栞は油脂分を避けた食事のせいだとすぐに分かったが、ダイエットのことは恥ずかしくて言い出せなかった。過激なダイエットがすい臓の機能に支障をきたしたであろうことは容易に想像できた。

診断は慢性すい炎。

薬が処方され、定期的に血液検査をして経過観察をすることになった。薬は飲まなくてはいけなくなったが、これで高カロリーの油っこい物を食べない口実ができて、栞はむしろ楽になるような気さえした。ダイエットが原因で油脂分を消化できなくなるほどすい臓を悪くしたのに、却《かえ》ってそれに助けられることになったのだ。

食べないことでその場に居づらいような思いをしたり、食べない言い訳を考えたり、家族とは違うものをわざわざ作って食べる愚かな行為を恥ずかしいと思う気持ちは、病気が免罪符となったお陰で薄れて、栞のダイエットは二十三歳になっても変わらず続いた。

「すい臓を悪くしているから、油っこいものはドクターストップなの。食べるとお腹が痛くなっちゃうから食べられないの」

周囲に言い訳ができるようになったことは新しい変化だったが、栞が自分自身に「食べていい」と許可できる食べ物はこれまでとあまり変わらないままで、生活には大して変化はなかった。

多恵子から言われることも、「食べられそうなものを何でもしっかり食べるのよ」と、これまでとは別の心配を含んだニュアンスに変わって、食べないことで責められることはもうなくなった。

母親に心配をかけていることや、ダイエットをやめられない壮絶な苦しみを誰にも打ち明けられないことで、栞の気持ちは決して晴れることはなかった。何の意味もないダイエットを自分の身体を痛めつけてまでもやり続けて、とうとう本当に病気になってしまった。

これ以上どこか他も悪くならないように、食べられるものはちゃんと食べるようにしなくちゃ。

そう考えることくらいが今の栞にせいぜいできることで、「普通に食べる」にはほど遠かった。

ダイエットを始めてからちょうど一年が経ち、アザレアの花が咲くうららかな春を迎えていた。アザレアは自然に降る雨と風とお日様の光だけで、季節が廻れば咲く、美しくとても逞《たくま》しい花だ。


アザレアの花言葉は「節制」と「恋の歓び」の二つがある。

「節制」は、アザレアが乾いた土壌や崖の上など敢えてストイックに思えるような過酷な環境を好んで生え、花を咲かせるからだといわれる。

「恋の歓び」はアザレアの花が開いた時、一気に匂い立つような華やかな魅力に溢れ、美しく咲き誇るその様子からだろうか。

一見、かけ離れて何の関係もないように思えるこの二つの花言葉は、どちらも実によくアザレアという花の特徴を捉えている。

Ⅱ　恋の歓び

「新しくオープンしたビアバーが、すっごくお洒落なんだって」

ゴールデンウィークが始まる前日、仕事が終わると美香に誘われて二人で食事に行くことになった。

照明が抑えられたビアバーの店内はスタイリッシュな内装で広々とし、流行りのコンクリート打ちっぱなしの造りだ。近くのオフィスビルで働くサラリーマンやＯＬで今夜はとても賑わっている。空調がひんやりと心地よく感じられて、これから始まる連休に栞も美香も否が応でも開放的な気分になっていた。

「じゃ、まずビールで乾杯しようよ」

どちらからともなくそう言って、飲み物をオーダーする。

栞は慢性すい炎の診断が出てからアルコールは禁止だったが、薬のおかげか数値は改善傾向で、今夜くらいはビールでも飲んで美香とお喋りを楽しみたいと思っていた。栞は相変わらず低カロリーで栄養バランスが良さそうなスモークチキンのサラダをつついていたが、美香は最近知り合った老舗和菓子屋の三代目社長を気に入って、同期入社の彼とはもう終わりにしようかと、二人は恋の話に夢中だった。

美香は積極的なアプローチに根負けして、一年ほど前から同期の吉田と交際していた。

社内恋愛は、お互いの身元が分かっている上に共通の話題も多く、仕事を通して気心が知れる分、結婚までの距離が縮まり易い。そして、結婚を前提とした真剣な交際という暗黙のルールがついて回る。二人の交際がオープンになっている場合は、なおさらだ。

だから美香は、吉田との交際に慎重だった。破局を迎えた時の職場での気まずさを考えて、内密にするよう栞も釘をさされていた。最初から心配する時点で、美香には吉田への好意はさほどなく、社内恋愛へのちょっとした好奇心から二人の交際はスタートしたのだろうと栞は思っていた。

今週になって転勤の辞令が降りたのを機に、吉田が結婚をほのめかしてきたと美香は憂鬱そうに打ち明けた。

「でも、転勤っていったって、地方の田舎町なのよ。支社じゃなくて、新しくできた営業所に転勤が決まったんだから」

「あぁ、そうなの。だから他の人たちとは転勤のタイミングが違うのね。新設の営業所なら規模が小さいから、社員も少ないわよね」

「そうよぉ、知り合いもいない田舎町で、次の転勤を待ちわびる新婚生活なんてイヤよ。

それならいっそのこと終わりにして、私はこのまま仕事を続ける方が将来に希望が持てるわ。海外赴任だ、っていうのなら話は別なんだけどなぁ。英会話教室に、もう二年も通ったのに意味ないわ」

美香は、スポーツクラブで知り合った老舗和菓子屋の三代目社長に気持ちが傾いているからか、あっさりと事もなげに言ってビールを飲みほした。

「吉田さんは、早稲田卒だった？　高身長、高学歴、高収入の三高《さんこう》をクリアして、安定した生活が送れそうでも、それだけじゃ結婚には踏み切れないわよね」

「そうそう！　そこなのよ。この人が運命の人だ！　って思える何かが欲しいのよ。私、高望みし過ぎなのかしら」

「そんなことないわよ、誰だって運命の人と出会って結婚したいって思うわよ。妥協して結婚したら後悔するわ」

「そうよね。転勤って理由もあるし、別れ方としては悪くないわよね。妙な噂がたたないように、社内恋愛を穏便に終わらせるってテクニックが必要よね。内緒にしておいてホント正解だった……で、栞はどうなのよ、恋愛のブランク長すぎない？」

何をおいても、どれだけ恵まれた幸せな結婚に辿り着けるかが今の二人にとっては一番の関心事だ。

一九九〇年代になっても女性の結婚適齢期はクリスマスケーキに例えられていて、二十四歳で結婚するのが一番良く、遅くても二十五歳までにはするものという風潮は残っていた。

大学へ進学すると卒業する時点で二十二歳になり、結婚適齢期を考え合わせた時、社会に出て働く期間が短くなるという理由から、栞の通った高校でも短大に進学する女子生徒は少なからずいた。栞自身もそれに何の疑問も抱くことなく短大へ進学した。女性の幸せは結婚して子供を産むこと、栞にとってはそれが普通の女性の生き方で、別の選択肢があるかもしれないと考えてみたこともなかったからだ。

男女雇用機会均等法が制定されて、募集や採用などの面で、性別を理由にした差別を禁止することが定められたと就職活動の時には散々聞いた。だが、それはあくまでも法律上のことで、栞が就職してからの実感としては何も変わったところはない。

女性は結婚する時に会社を退職する「寿退社」が一般的で、それは栞にとっても美香にとっても幸せな結婚生活へと続く憧れの花道だった。

栞も美香も外見が良いだけの恋人はもう必要なく、二十三歳になり、そろそろ結婚を意識した恋愛をしたいと考えるようになっていた。

「よかったら一緒に飲みませんか？」

まず、はっとするほど声が良かった。

振り向くとスーツ姿の男性が二人、はにかんだ面持ちで立っていた。ナンパなど普段なら最初から相手にしないのだが、この日声をかけてきた二人は、いつもとは明らかに様子が違っていた。

特に背がスラリと高い方が栞の好みのタイプだった。質の良さそうなスーツを着て、ネクタイのセンスも良い。今売り出し中の渋めの俳優に似て十分素敵だし、清潔感のある堅気のサラリーマンといった雰囲気には遊び人風なところは見て取れず、自然と警戒心も薄れていった。

背の高い方の男性は都内の建設会社に勤める建築士で二十八歳、谷口純司と名乗った。

「すごく痩せて見えるけど大丈夫？」

谷口は微笑んで、栞に尋ねた。

「うん、ちょっと病気してたけどもう治ったから」

その時、栞は確かに「もう治った」と答えた。

それは恋に落ちた瞬間で、拒食症が治っていく始まりにもなった。

栞の心を固く縛り付けていた鉄の鎖がいとも簡単にするりとほどけて、食べ物にがんじがらめに支配されていた脳は一瞬にして解き放たれ、自由になった。

――この人との恋のために、拒食症を大急ぎで治そう！　ダイエットはもうしない！　普通に食べよう！　早く、早く体重も体形も元に戻さなきゃ。病気のままじゃ恋も結婚もできない！

谷口と出会ったその時、頑《かたく》なに抱き続けてきた痩せることへの願望は、あっけなく消え失せた。


その日のうちに二人でまた会う約束をした。栞が積極的にならずとも、谷口の方から熱心に誘ってくれたことで栞の心は弾んだ。

「栞ちゃん、本当にまた会いたいんだけどいいかな」

「うん、じゃあ連絡先を教えてください」

「えっと、会社だけじゃなくて、家でも仕事してるの。図面を描くのは集中してやらなきゃいけないから、家の電話は線を抜いて繋がらないようにしてあるんだ。だからよかったら電話は会社の方にしてくれる？」

差し出された名刺には会社の住所と電話番号は書いてあったが、自宅の電話番号は知らされないままだった。そのことに栞は微かな違和感を覚えた。

「栞、やったね！　あの人なら文句のつけようがないわ、いいと思う。カッコいい人で良かったじゃない？」

と美香からお墨付きをもらったことで安心できた。

「嘘みたい、夢みたい。ずっと想像していた理想の人が突然現れるなんて。こんなことってある？　あんなに素敵な人と偶然出会えるなんて現実に起こる？　美香、あの人、また会いたいって言ってくれたの」

その日知った谷口の勤務先や肩書、出身大学などの身上は恋の相手として申し分ないと思えた。

キラキラと眩しいほどの幸運が突如栞に訪れた。


初めてのデートはゴールデンウィークの最終日、夜食事に行く約束をしていた。その日は朝から何を着ていくかを考えに考え抜いた。

「まず好感度は大事。でも無難過ぎなくて、そうかといって華美でもなくて、私らしくお洒落で、けど攻めすぎはだめでしょ……う～ん、困った。どれにしよう」

栞は散々迷って、オーガンジーの白色のブラウスに、膝丈のフレアスカートを合わせた。フレアスカートは柿色で、オレンジ色ほど強い色味ではなく、少し柔らかい印象になるのが初めてのデートにはふさわしいだろうと思って選んだ。

栞の髪はクセのないサラサラのロングへアだ。いつもよりうんと丁寧にホットカーラーを巻いてふんわりさせたいから、その間に入念にメイクをする。栞はメイクをする時間が好きで面倒だと思ったことは一度もない。鏡に映る自分の顔をじっと見つめる。

きめが細かくてシミもくすみもない肌は、薄っすらとファンデーションをのせるだけで透明感が出て、一段と明るい肌に仕上がる。眉は女性らしい丸みを帯びたアーチ形に描いて整える。栞は元々目が大きくてチャームポイントだが、アイメイクは濃い印象にならないようにアイラインは入れずに、いつもアイシャドウだけで陰影をつける。その代わり丁寧にビューラーを使ってまつ毛をカールさせてから、マスカラはたっぷりとつける。こうするだけで十分に魅惑的な目元になる。リップはグロスを塗らずに落ち着いたマットな感じに仕上げるのが最近のお気に入りだ。

ピアスは「開けると人生が変わる」と聞くから、なんだか怖くて開けていない。だから今日は大ぶりのイヤリングではなく、アクアマリンの小粒なイヤリングで耳たぶを飾った。

「あぁ、やっぱりこのイヤリング可愛いわ。うん、これでよし」

これから始まる恋に胸をときめかせながら身支度を整えることは、至福の喜びだった。

「どう？　まぁまぁよね」

ドレッサーの鏡に映る今日の自分に頷いた。

女性の七割は自分のことを「普通以上に可愛い」と思っていると、テレビで観かけたことをふと栞は思い出した。

「七割の女性が普通より可愛いなんてことあるわけないわよね、どこにそんなにたくさん美人がいるのよ、いないって」

自分のことは棚に上げて独りごちた。


指定された待ち合わせ場所は地下鉄の駅を出てすぐだったが、そこに谷口は白色の外車で現れた。

出来過ぎだと思った。

それは栞にとって一番好みの車だったからだ。谷口の車は、どこから見ても愛らしいデザインだ。フランスのメーカーの車で頻繁には見かけないから、余計に独特のフォルムが新鮮に思えて印象に残る。

「ただ大きくて、目立つような車は、鼻につく感じがしてあまり好きじゃないわ。その人の感性に合った拘《こだわ》りのある車を選ぶような人が、理想のタイプだわ」

栞はよくそんなふうに、美香との恋愛談議に花を咲かせていた。

「お待たせしましたか？」

車から降りて来てにっこり微笑む谷口は、休日ということもあってスーツではなく、ぐっと砕けた印象のシャツを着ている。オフホワイトのシャツは一目でシルクと分かるとろりとした質感と独特の光沢があり、グレーのシンプルなパンツとのコーディネートは、一見ありきたりなようで上級者の着こなしだ。

初対面の時のスーツ姿より、むしろ谷口のセンスの良さが伺えて、栞にはそれがこの恋の吉兆のように思われた。

谷口はサッと助手席側に回り、栞のためにドアを開けた。

「さぁどうぞ、乗って」

理想の人が王子様みたいにこうしてエスコートしてくれる、まるでお伽話のシンデレラになってしまったみたいだわ。

栞は、自分の人生がこれまでとは一八〇度変わっていくような気がした。このお伽話とも思えるような現実が、自分の身に起こっていることは飛び上がりたいほどの歓びだった。

助手席に腰を下ろすと、滑らかな革製のシートにしっとりと包み込まれるようで、それは初めて知る贅沢な心地よさであった。

二人が行ったのは串揚げの店だった。

住宅街へ続く道の途中にあるその店は、気づかずに通り過ぎてしまうようなひっそりとした店構えだ。

店内は黒を基調とした内装で統一され、カウンター席だけの十人も入れば満席になるようなこじんまりとした設えだった。時間が早いせいか他に客はなく、よく拭き清められたカウンターの片隅には、大ぶりの花器にカラーが高々と飾られていて美しい。

厨房ではまだ三十歳くらいだろうか、髪の短い長身の料理人が真剣な面持ちで串に食材を刺して仕込みをしている様子が伺える。

「食事のメニューはね、おまかせのコースだけなんだけれどいいかな？　もし苦手なものがあるなら教えてね」

おしぼりで丁寧に手を拭きながら、谷口は栞に優しく話しかける。

拒食症の栞にとって揚げ物はタブー中のタブー。苦手どころか絶対に口にしないと決めていたものだった。けれど、恋の始まりのときめきは、あっさりとそのタブーを打ち破った。串揚げを食べることに何のためらいも、太ることへの恐怖心もなかった。本当に不思議なくらいにそんなことはもうどうでもよかった。

「好き嫌いはあまりないから。何でも大丈夫」

栞は微笑む時に、谷口の目を見つめることを忘れない。こんな時にどう振る舞えば良いかくらいは栞にとっては容易《たやす》いことであった。

久しぶりに食べた揚げたての串揚げは薄衣で、肉も魚介も季節の野菜もどれもが新鮮で食材そのものの旨味が感じられた。

栞は心から美味しいと思った。谷口に勧められる通りに塩で、或いは特製のソースで味の変化を楽しみ、コースの最後のフルーツまで堪能した。

何を食べて何を残すかと考えながら食べることが長い間習慣となっていたのに、谷口との途切れることのない会話に夢中で、食べることにまで頭を働かせる余裕はなかったのかもしれない。

けれどお腹が痛くなることもなく、「食べる」ことに関して何もかもがもう普通通りだったことに栞は心から安堵した。

店を出て車に戻ると、谷口は助手席側に回って栞のためにドアを開けた。どうやらこの紳士的な振る舞いは最初の一度きりだけではなさそうだ。

「栞ちゃんと色々話せて本当に楽しかったよ。もしよかったらまた会いたいんだけど、いいかな、連絡するね」

「うん……」

谷口は助手席で小さく頷く栞にキスをした。その一連の流れはとても自然でスマートで、栞を有頂天にした。

――これはお伽話なんかじゃない、奇跡が起きたんだ。

理想のタイプそのままの人が突然現れて、恋が始まろうとしていることも、「食べる」ことについてもう何も考えなくなっていたことも、奇跡が起きたとしか思えなかった。

――奇跡って本当に起こるんだ。

栞は夢のような突然の幸せを一人そっとかみしめた。

谷口との出会いは栞をすっかり変えた。

「食べる」ことであれこれ考えることはなくなり、普通に食事ができるようになっていた。

その代わりいつ電話をくれるか、今度はいつ会えるか、そのときは何を着ていこう、そして自分のことをどう思っていてくれるのだろうか、自然と谷口のことばかり考えるようになっていた。

「ねぇ、今度休みに『プリティ・ウーマン』観に行かない？」

就業後のロッカールームで美香に話しかけた。日本でも公開された直後から話題になっている映画だ。王道のシンデレラストーリーだと評判のその映画を、美香と一緒に観たら楽しいだろうと誘った。

「あー、ごめん、私もう観に行ってきたのよ。ヒロインのヴィヴィアンがどんどん素敵なレディになっていくの。お金持ちのエドワードがリムジンで迎えに来てくれて、夢のようなハッピーエンドよ。栞はほら、例のこの前の彼と行けばいいじゃない。また会うつもりなんでしょう？　自分からもどんどん誘わないとね」

「う〜ん、でも、会社の電話番号しか知らないから連絡しづらくて」

「会社だってかけてみればいいじゃない、そんなに遠慮してたら何も始まらないよ」

美香に言われて、栞は初めて谷口の勤務先に電話をしてみようと思えた。代表の電話番号だけではなく、ダイヤルインの直通電話も名刺には記されていた。

「アシスタントの女の子か俺か、どっちかしかとらないから、何かあったら電話してくれて構わないからね」

谷口には確かにそう言われていたが、仕事の立て込んでいる時に電話をかけてしまったらとやはり躊躇《ためら》われたので、これまで一度も栞からは連絡できずにいた。

けれど美香の言葉に背中を押されて、思い切って電話をかけることにした。まだ会社で仕事をしているはずの時間だった。呼び出し音の後、運よくすぐに谷口の声が聞こえた。

「あぁ、栞ちゃん、電話嬉しいよ。今夜電話したいと思っていたところだよ」

谷口の声は本当に弾んで聞こえたので栞はホッとしたけれど、次の休みは都合が悪いと映画は断られてしまった。

「でも、やっぱりすぐに、どうしても会いたいから、明日仕事の後で食事でも行きませんか？」

谷口の方から切り出してくれたことは、栞には嬉しい誤算だった。

勇気を出して電話して良かった、谷口の性急でストレートな誘い方に自信を持ってもいいんだと確信した。

翌日仕事の後で待ち合わせをしたが、谷口は時間に遅れるということがない。いつも忙しいはずだから、たとえ谷口が遅れてきたとしても、どれだけでも待つつもりで待ち合わせの場所に向かうのに、時間の少し前には谷口は現れる。

忙しい中でも時間の管理がしっかりとできる人なんだわ、と谷口の生真面目《きまじめ》なところにも好感を持つ。

谷口が向こうから足早に歩いてくる姿が見えただけで、栞の表情は自然とほころんだ。

「栞ちゃん、急に誘って悪かったね。今夜は美味しいお鮨でも御馳走させてよ。このすぐ先にあるんだ、天光鮨ってお店、きっと知ってるよね？　人気の店だから混んでるだろうなぁ」

二人は飲み屋街の一角にある鮨屋に入った。飛び切り極上の豊富なネタをお値打ち価格で提供してくれると評判のその鮨屋は大層人気で、いつも店内は近隣で働く多くのサラリーマンでごった返している。

その店は栞も会社の忘年会で行ったことがあったが、団体客の利用が多くて騒がしいので、隣に座る谷口とも声を張り上げるようにして話さなければならない。栞は谷口と一緒にいられればこの喧噪さえも好ましくて、なんだか可笑しく感じられるくらいだった。谷口は好物だという鯵と中トロ、栞はイクラと巻物をいくつか食べると早々にその鮨屋を切り上げた。

「あんなに騒がしかったらゆっくり話もできないね、栞ちゃん、ごめんね、もう少しどこかで飲み直さない？　まだ時間大丈夫？」

谷口の案内で、二人は近くのバーに立ち寄った。

地下に続く薄暗く狭い階段を下りていった先には重厚な趣の扉があって、小さく「masquerade《マスカレード》」と店の名前だけが記されたプレートが掲げてある。背の高い谷口は天井に頭がつかえないようにと前かがみになりながら階段を下りる。その後ろ姿はちょっと滑稽でありながらも谷口の背の高さを証明するようで、それは以前から栞の好む仕草だった。

「毎日通る地下鉄の駅の側なのに、こんな所にバーがあるなんて知らなかったわ」

「そうでしょ、この狭い階段の先に店があるとは思えないよね」

店内の照明は抑えられていて薄暗く、静かに流れる洋楽が心地よい。バーカウンターには一目で上質なクリスタルが使われていると分かる美しい輝きを放つグラスが、スポットライトに照らされていくつも並んでいるような店なのに、コンクリートのフロアには、客が無造作に投げ捨てたピスタチオやナッツ類の殻が片付けられることもなくあちこちに散らばったままだ。栞はカウンターのスツールに腰を下ろすまでの間に、何度もヒールでその殻を踏みつけてしまうのには閉口した。

「踵でナッツの殻をバリバリ踏んじゃったわ、本当にスペインのバルみたいなお店なのね」

先ほどまでの鮨屋での喧騒とは打って変わって、静かで落ち着いたバーのスツールに腰かけて、栞は谷口の顔を見つめて微笑む。

「あはは、そうでしょ。いつ来てもここはこんな感じなの。タパスの種類は多いし、カクテルは頼めば何だって作ってもらえるよ」

確かにずらりと並ぶアルコールの瓶は圧巻だ。

「カシスベースでフレッシュジュースを使ったものが好みだけれど、いつもとは違うものも飲んでみたいかな。今日はお任せします」

栞の好みのカクテルはちゃんとあって、自分でオーダーできるのだが、ここは谷口に任せてみようと思った。

谷口はフローズンのダイキリと、栞にはキールロワイヤルを注文した。

栞がカシスベースが好きだと言ったからだろうが、白ワインで割る一般的なキールではなく、敢えて高価なシャンパンを使うキールロワイヤルを躊躇なく注文するあたりにも谷口の大人としての余裕を感じて、栞はそんなところにも感心する。

それにしても、谷口はあまりアルコールは強くない、飲む雰囲気だけが好きなんだと聞いていた通り、一杯のダイキリを飲み終える頃には随分と饒舌になった。

ちょっと飲むだけでこんなによく喋るようになるなんて安上がりだ、と栞は微笑ましく思う。

「栞ちゃんに会えて俺は本当に嬉しいよ、これ本気だからね」

さらに谷口は言葉を続ける。

「あのさー、栞ちゃん、でも俺、給料少ないの。聞いたらきっと驚くよ。どうする？ こんな給料でやっていける？ 栞ちゃん大丈夫？」

酔った酒場での戯言《ざれごと》だと分かっていても、栞は谷口のその言葉が純粋に嬉しかった。嬉しくて嬉しくて気の利いた言葉の一つも思い浮かばず、何も答えられずにただ黙って微笑んだ。

家に帰ってからも、何度も自分の胸の内で谷口の言った言葉を反芻して、その夜はなかなか寝つけなかった。

「こんな給料でやっていける？ 栞ちゃん大丈夫？」

確かに谷口はそう言った。

それは、結婚を意識しての言葉と捉えて何の問題もないような気がした。

きっとそうだ、谷口は結婚を前提にこれからの交際を考えていてくれるのだ。

酔って本音が出たんだわ、そう思った栞は谷口とのことを母の多恵子にだけは話しておこうと決めた。

必要以上に何でもかんでも話しては、付き合いが上手くいかなくなった時にがっかりさせてしまうことになる。そう考えるから交際相手のことを親に打ち明けることには慎重になっていた。

学生時代の付き合いとはもう違うのだ。これからは交際の延長線上には結婚がある。けれど改まって話すのはまだ違うような気がして、ひとまず多恵子に話しておけば父の一郎には自然と伝わるだろうと考えた。

多恵子は女親らしく娘の恋愛に口を挟みたがる方だったが、一郎は栞のことでそう煩《うるさ》く言うことは何もなかった。温厚な性格で家のことも娘のことも何もかも多恵子に任せきりだった。

それでも最近は体調も良さそうで、あか抜けて綺麗になっていく年頃の娘の結婚のことだけは、一郎にとっても気にかかることだった。

栞としてはダイエットが行き過ぎて拒食症になったこと、すい臓を悪くして薬で治療を続けていることに負い目を感じ、これ以上両親に心配をかけるわけにはいかないと思っていた。

だから二人を安心させるためにも、そろそろ谷口との交際のことは話しておこう、報告すればきっと喜んでくれるに違いない。

谷口の勤務先は名の通った建設会社で、建築士という肩書や出身大学などの経歴のほかにも、谷口には三つ年上の兄がいて兄夫婦が両親と同居していること、年子の妹は既に遠方に嫁いでいることなど、どれをとっても多恵子が気に入らない要素はないはずだった。自信をもって谷口との交際を報告できることが誇らしかった。

それなのに奇跡のように感じていた出会いの後は恋のお決まりのパターンに陥っていく。

一時はあんなに浮かれて舞い上がっていたのに、相変わらず自宅の電話番号さえ知らされておらず、いつ電話をくれるかも分からないので栞は会社からひたすらまっすぐ家に帰り、谷口からの電話を待った。そんな日が何日も続いて、もう諦めた方がいいのかもしれないと不安が募る頃にようやく連絡があるのだった。

あの日「masquerade《マスカレード》」で谷口の本音を聞けたような気になっていたのに、それ以降はなんとなくはぐらかされているようで、谷口の気持ちを量りかねていた。

考えてみれば、酔った酒場での戯言《ざれごと》を本気に受け止めて一人で浮かれていただけのことで、「結婚」どころか「付き合ってほしい」と意思表示一つされたわけではなかった。

どういうつもりなんだろう、どうしてこの前はあんなこと言ったんだろう。私のことどう思っているんだろう？　本当に私のこと好きなのかしら？

栞の自信と歓びは瞬く間にどこかへ消え失せ、不安だけが募っていった。


デートの予定だった日曜日、朝早くに電話が鳴った。

音が鳴るだけでキャンセルの連絡だと、受話器を取る前から分かってしまうのはなぜだろうか。

「もしもし」

案の定、谷口のちょっとくぐもったような声がする。

「あのさ、ごめん、俺風邪ひいちゃったみたいで。喉が痛くて、咳も出るの。明日は絶対出なきゃいけない打ち合わせがあるから、今日は家でゆっくりしていた方がいいかなぁと思って。うつしても悪いしね。良くなったらまた連絡するからさ」

なぜだか話を聞く前からそんなことだろうと予感があった。栞は動揺を隠して平静を装って言う。

「そうなの、熱は？　大丈夫？　ご飯は食べられそうなの？」

「うん、まぁ、ゆっくり寝てたらそれで治ると思うから」

「私、そこに行こうか？　何か作ってもいいし、必要な物があれば買って持っていくことだってできるし」

谷口が一人暮らしをしているというマンションは詳しくは聞いていないが、栞の自宅からはバスと地下鉄を乗り継いで一時間近くかかる場所にあるようだった。

谷口が住んでいるマンションに行ってみたい、言葉にすると余計にそう思った。

「え？　ここに？　来るの？」

「うん、ダメ？　すぐに帰るから。お見舞いだけのつもりよ」

本当に少し顔を見るだけで構わなかった。

「う〜ん、お見舞いね、ここにねぇ、いいけどさ、うん、まぁ、そうだね。それでもいいんだけどさ。でもやっぱり、今日はやめておこう。うつしても悪いしね。また連絡するからホントごめんね」

谷口はそれだけ言うと、電話はぷつりと切れた。

谷口との約束があることを知っていた多恵子は、

「どうかしたの？　会えなくなったの？」

と気にかけたが、

「風邪ひいちゃったんだって」

お見舞いさえも断られてしまったショックから、栞はそう答えるだけで精一杯だった。

結局これでもう一か月近く会っていないことになる。

会ったら谷口の気持ちが確信できる言葉を聞けるかもしれないと期待していたのに、会えないまま不安な気持ちを抱えて過ごす休日は、何をしても気が紛れず、とても退屈で憂鬱だった。


それから十日ほどしてようやく谷口から電話があった。

何度も行ったことがあるのならよいのだろうが、体調が悪い時に家まで来られるのはやっぱり誰だって嫌だろうと思い直して、この前の電話では出過ぎたことを言ってしまったと栞は後悔していた。

「あれから熱も出ちゃって、結構しんどかったよ。仕事は休めないから、なかなかスッキリ良くならなくて、ホントごめん」

「そうだったの、私の方こそごめんね、そんな時にお見舞いに行きたいだなんて」

「うん、いいよ、いいよ。こっちが悪かったんだから。でさ、今度の休み、ゴルフの練習に行きたいんだよね、その次の週にお客さんから誘われてるの。だから打ちっ放しに付き合ってくれる？　土曜日なら大丈夫なんだけど、栞ちゃんの予定はどうかな？」

「うん、大丈夫よ。楽しみにしてるわ」

予定は全部谷口に合わせる、もう、そう決めていた。そうでなければ、なかなか会えそうになかった。

栞の勤める会社は完全週休二日制で土曜日、日曜日と祝祭日が休日だった。谷口の勤める会社も同様だったが、個人的に引き受けている仕事もあり、その図面を自宅で描くのだと言っていた。だから、谷口の手が空いているときにしか会えない。

栞は自分の存在が谷口の負担になることは嫌だった。忙しい谷口に我がままを言うつもりは初めからない。

重い女は嫌われるから、追いかけ過ぎたらダメなのよ。栞は恋愛の心得を思い返した。たくさん会って、私のことを分かってもらって、そしてちゃんと好きになってほしい。

栞の望みはシンプルにそれだけだ。

ゴルフは美香もほかの友達もやっていたけれど、本当は大して興味はなかった。でも谷口が行きたいと言うのなら勿論付き合う。練習するところを見ているだけでも構わなかった。

その日はまだ梅雨も明けていないのに気温が上がって、とても蒸し暑い日になった。

「ドライブがてら、いつもとは違う場所で練習してみようかな。気分が変わっていいかも」

運転する谷口の横顔を栞はじっと見つめる。谷口は煙草を吸わない。そこも栞の理想通りだ。煙草を吸わないから口臭も気にならないし、髭や肌もきちんと整えられていつも清潔感にあふれている。

栞は煙草の煙が苦手だった。ヤニで部屋中が汚れてしまうことを考えると、灰皿が家の中にあることさえ嫌なくらいだった。

谷口が煙草を吸わない人で良かったとつくづく思う。

ゴルフウェアは着る人によっては、おじさんぽくなってカッコ悪いのに、谷口が今日着ている薄紫色のゴルフ用のシャツのセンスは断然良い。

やっぱり背が高いから何だってホント素敵に着こなせるのよねと栞は満足する。

こうしていつも会う度に、谷口の好ましいところ、理想通りなところをいくつでも見つけてしまう。けれど、それは自分だけがそうしているような気がして悲しくなる。

谷口は私のことをどう思っているのだろう、一緒にいて楽しいだろうか、気に入ってくれているのはどんなところだろうか、いや、考えるのはもうよそう、こうして誘ってくれて今日は久しぶりで会えたのだから。

そんなことをぼんやりと思いながら谷口が打ちっ放しをする様子を見ていても、上手いのかどうかも分からない。元々ゴルフのことは何一つ知らなくて、テレビ中継だって一度も観たことがない栞には、想像した以上に退屈な時間だった。一方谷口は栞を長らく待たせていることを気遣う様子も見せずに、黙々とスイングを繰り返してボールの飛んでいく先を見つめている。

谷口の練習は昼を回っても長々と続いて、しびれをきらした栞が大きく一つ伸びをした時、ようやく谷口が手を止めてやってきた。

「あー、ごめんごめん、見てるだけじゃいい加減飽きるよね。そろそろキリをつけるから」

一緒にいられるだけでいい。話もできるし。栞はそう思っていたのに、練習場を出て、アイスティーを飲んでいる時に谷口はこう切り出した。

「ごめん、実は今夜急にお通夜が入って、もう帰らなくちゃならないんだ。本当にごめん。この前、ほら、風邪ひいてキャンセルしちゃったから流石《さすが》に悪いなと思って、なかなか言い出せなかったの」

栞は谷口の唐突な言葉にショックを受けたが、それは谷口の説明がどこか言い訳めいて聞こえたからだ。

もうこのまま帰るの？　つい、そう口にしそうになったが、お通夜だと聞けば嫌だと言うわけにもいかず、何と答えようか考えていた。

「ごめんね、同僚と一緒に行くからさ、時間とか色々相談したいから電話してくるわ。取引先のよくしてもらってる人のお父さんが亡くなったの」

そう言って谷口は、栞の言葉も待たずにさっさと公衆電話に向かって歩き出してしまう。

取引先のよくしてもらってる人のお父さんのために、どうして私が帰されなければならないのだろうか、ようやく会えたのに。結局谷口の気持ちは何も分からないままなのに。またこの不安な気持ちを抱えたままで、暫く過ごさなくてはならないことを思うと気が重かった。

けれど、お通夜なのだから今日は帰るほかない。そんな時に大切な自分たちのことを話すような無粋な真似はできないと思った。

雰囲気は大切、時間もないし、こんな状況じゃ上手くいくこともダメになってしまう、もっと余裕がある時じゃないと。それまでは我慢しなきゃ。

結局栞は、何度も自分に我慢を強いてしまう。

それにしても、取引先のよくしてもらっている人のお父さんって、そんなに大切な人なのだろうか。まだ午後三時を回ったばかりなのに、このまま食事もせずに帰ったら、また多恵子に要らぬ心配をかけるかもしれないと考えるだけで、栞は憂鬱になった。

「私のこと、どう思ってるの?」「私のこと、本当に好き?」

それが一番聞きたいことだったのに聞くことは怖かったし、口に出すことは憚《はばか》られた。

「とにかく本当に今、忙しいんだ、我がままを言う施主が多くて変更ばかりだし、いくつも納期に追われていてね」

たまに谷口から電話があっても、最近はそんなふうに言われることが増えていた。谷口の仕事の邪魔はしたくない、自分の存在が負担になっては嫌われてしまう。そう考えて栞は、電話一つかけることもなかった。

今は我慢しなくちゃ、本当に忙しそうなんだもの。

何度自分に言い聞かせても栞の心は不安で覆い尽くされていく。

その日は会社の帰りに待ち合わせをした。洋食屋さんで名物の蟹クリームコロッケとハンバーグを食べている時に、栞はふと思い出したふうを装って話し始める。

「わぁ、このハンバーグ、肉汁たっぷりね。そうそう、話してなかったんだけど、少し前から料理教室に通い始めたの。うちの母のレパートリーは全然大したことないからそれほど教えてもらえるわけじゃないし、色々なお料理が作れるようになりたいなぁと思って」

結婚生活を意識してのことだとは悟られないように、できる限りの無邪気さを装う。

「ふうん、そうなの。仕事の帰りに通ってるわけ？　で、どんなものを作ってるの？」

「うん。この前はね、カレーパンを作ったのよ。パンの生地から作るの。手作りのパン生地だから揚げたてはすっごく、もちもちの食感に出来上がったのよ。中の具は牛肉のひき肉を使ってジューシーだったわ」

「へー、パンまで作れるなんて本格的じゃない、俺、カレーパンが一番好きかも」

「ほんと？　今度よかったら私、作ってくる」

「お、いいねぇ。他にはどんなものを作ったの？」

「うん、デザートではね、ティラミス。ティラミスを作るのはすっごく大変だった。時間内では出来上がらないから途中まで作ったものを冷蔵庫に入れておくの。それで翌日のクラスの人たちがそれを仕上げて完成させるの。だから私たちも前日のものを仕上げて試食したわ。とにかく工程が多くって手間がかかるから、一人じゃとってもやる気になれないくらい。マスカルポーネっていうクリームチーズをたくさん使うって初めて知ったけど、正直お店のものにはかなわないと思ったわ」

料理教室の話を聞く間に、谷口は黙って店員に合図を送りテーブルで会計を済ませていた。

栞がナイフとフォークを揃えて置き、水を一口飲むと、谷口は待ちかねたように立ち上がった。

「ごめん、なかなかゆっくり時間を作れなくって。今日はまだ仕事が残ってるから、栞ちゃんを送ったら会社に戻らなきゃいけないんだ」

本当に申し訳なさそうに言う谷口の横顔は、心なしか頬の辺りがこけたようにも見える。

「ううん、それでも会える方が嬉しいから、忙しいのにありがとうね」

「ほんと、こんなことばっかりでごめん。そうだ、今から遠回りになるけど、俺が設計した建物を見に行こうよ。付き合ってくれる?」

谷口が言い終わらぬうちに車は滑らかに走り出した。

車が停まると、そこには谷口が設計した三階建ての歯科医院があった。夜のことでシンボルツリーが照明に照らされ、外灯の明かり一つにも趣を感じる。エントランスへのアプローチの曲線がゆったりとして美しい。こうして外から眺めるだけでも随所にセンスの良さが見て取れるのに、中は一体どんなに素敵なのだろうか。

「時々自分で設計した建物を見に来るんだ。俺ここ気に入ってるの。アイデアが浮かばない時にもね、またなんとか頑張れそうな気がするんだよね」

そう言いながら谷口は、道路に面した飾り窓の障子が左右反対になっているのを直した。

「これじゃあ、逆なんだよなぁ。ほら、こうやって閉めるのが正解なの！　桟の半円のデザインが外からも見えて美しいでしょう。ちゃんと細かいところまで拘《こだわ》って設計してるんだから」

あぁ、私の恋人はなんて素晴らしいのだろう、やっぱりこの人で間違いないんだと栞は谷口の真剣な横顔にうっとりと見惚れた。

建物の西の方の夜空には二人のことなど素知らぬ顔の三日月が、ただ美しく輝いていた。


月に一回くらいのペースで会ってはいたが、二人の会話はいつまでもどこかよそよそしかった。二人の関係がキス以上には進んでいないことが原因かもしれないと考えたが、それは谷口の誠実さだと栞は受け取っていた。

谷口の本当の気持ちを知りたいとずっと思っていたけれど、栞には聞いて確かめる勇気はいつまで経ってもなかった。仮に聞いたとしても、はぐらかされるような気がしたし、今の状況に進展は望めないような気がしてならなかった。そんなふうだから栞自身も安心してありのままの自分をさらけ出すことはできないでいた。結局それが二人の距離が縮まらない、どこかよそよそしさが残る原因なのだろう。

今夜は美香たちとダブルデートをすることになっていた。誘っても嫌がるかもしれないと思ったのに、谷口はすんなり了承した。

「へぇ、楽しそうだね、いいよ、栞ちゃんと初めて会った日にビアバーに一緒に来ていた会社の同僚のコでしょう?」

と気軽に言って、栞が予約したイタリア料理店で待ち合わせをした。

「Bravo《ブラボー》」という名のイタリア料理店は最近オープンしたばかりだが、店の中に備え付けられた大きな石窯でピッツァを焼いて、出来立ての熱々を客に提供することで評判の店だった。シェフ自身もイタリア人で、本場イタリアから直輸入した食材をふんだんに使って作られる料理はどれも本格的で美味しいと、オープン当初から予約が取りづらいほどの繁盛ぶりだった。

仕事帰りの谷口はいつものスーツ姿だが、今夜は珍しく緑色のポケットチーフを胸元から覗かせている。

栞は仕事帰りの谷口と待ち合わせる時は、決まってシンプルできちんとした印象のスーツやワンピースを選んだ。どんな店に行くにしてもカップルとしてのバランスは大事だし、谷口のパートナーとしてふさわしい装いを心がけているからだ。

「あぁ、うん、やっぱりこうして並んでみると二人は本当にお似合いだわ」

美香の満足気な言葉に、谷口も嬉しそうに笑っている。

けれど、本当に「お似合い」なのは美香と老舗和菓子屋の三代目社長の方だと栞は思っていた。美香の話によると、彼の父親の代で本業の和菓子屋に留まらず不動産事業にも手を広げたことが功を奏し、今では都内にいくつかのビルを所有して随分と羽振りがいいらしい。

美香が今夜履いている黒のワイドパンツは、きっとフランスのハイブランドのものだろうと、その仕立ての美しさから栞は見当をつける。この前の誕生日に彼からプレゼントしてもらったと嬉しそうに話していたのは、このワイドパンツのことに違いない。白のショート丈のジャケットとのバランスもいい。今夜、美香の持っているバッグも同じブランドのものだ。一目でそれと分かる定番の黒は選ばず、デニムタイプを持つところがいかにも美香らしい。ハイクラスのブランドの洋服を堂々と着こなして、本物のモデルみたいに華やかに振る舞う美香とは、一緒にいるだけでこちらの気持ちまで明るくなる。すると不思議とどんな望みだって叶ってしまいそうな強い気持ちが湧いてくるのだ。周りの人を元気にさせる特別な魅力が美香には備わっていて、誰だって美香のことを好きになってしまう。お姫様への貢ぎ物のように贅沢なプレゼントを贈れる人が、美香にはお似合いだ。

「美香たちの方がずっとお似合いよ」

栞の声は少し小さくて誰の耳にも届かなかった。

四人とも「Bravo《ブラボー》」は初めてだった。早くから予約しておいたためか、広い店内の一番奥にあるゆったりとしたテーブル席に案内された。栞は美香の彼にはもう何度か会っていたから、今日のこのメンバーだと全員をよく知る自分が場を取り仕切る役割だろうと考えていた。さて、料理のオーダーはどうすればいいのだろうかと思っていると、

「この店は、アラカルトメニューだけのようですね。評判の石窯焼きのピザを二種類とサラダをまずオーダーしましょうか。やっぱり本場の生ハムを使ったものが旨いでしょうね、真鯛のアクアパッツアなんかも良さそうだ」

谷口が皆の好みを上手に聞きだして、ソツなく注文を終えた。

「店に入っただけでニンニクとオリーブオイルのいい香りがしますね。だから、きっと

何を頼んでもちゃんとしたものが出てくると思うよ」

美香の彼も食通のような口ぶりだ。

乾杯をしてビールを一口飲むと谷口がさっそく口を開く。

「今夜は栞ちゃんだけじゃなくて、美香さんからもお叱りを受けることになるのかなぁって、これでもドキドキして来てるんですよ、本当に忙しい、もう、そればっかり言ってますからね。今日は仕事中もなんだか落ち着かなくって、一日中ソワソワしてました」

谷口はそんな冗談さえ言って、美香を笑わせた。

「え〜、嫌だわ。谷口さんったら。お叱りだなんて、私そんなに怖くありませんから！　でもね〜谷口さんって本当に栞の理想のタイプどんぴしゃり！　の人なんです。こういう人がタイプ、こういう人と結婚したい、って散々聞いていたそのまんまの人だったから私も驚いちゃったくらい。だからホント栞は良かったなぁ、って思ってるの。まぁ、確かに忙しくてなかなか会えないことは寂しいんでしょうけど、ね〜栞ちゃん！」

美香も谷口に気さくに話しかけて、和やかな雰囲気で食事が始まった。

谷口は美香の彼とも、ほかのイタリア料理店の話やゴルフの話を始め、話題は自然に広がっていった。竣工したばかりの高層分譲マンションに話が及ぶと、わずか一杯のビールのせいか、谷口はいつになく饒舌になった。谷口の勤務する建設会社の施工ではなかったが、その高層マンションは交通の便も良く、好立地でありながら広々とゆったりとした造りになっているそうだ。栞が地下鉄の中で見かけた広告にも随分豪華な写真が載っていた。ワンランク上の暮らしが実現できそうなイメージのマンションは、結婚に憧れる栞にも美香にも魅力的だったこともあって、マンション建築の内情に詳しい谷口の話を皆興味深く聞いた。

「まぁ、僕の安月給じゃとても手が出ませんけどね。でも立地が良ければ不動産としての価値は先々も高まりますから、若いうちにちょっとムリしてみるのもいいかもしれないと思っているんですよ。栞ちゃんは一戸建てとマンションだったらどっちに住んでみたいと思ってるの？」

谷口は栞の目を見つめ優しく問う。それを聞いた美香が、

「きゃーっ、素敵、羨ましいわぁ」

と冷やかすから皆で大笑いになった。

終始礼儀正しく振る舞い、誰に対しても十分な気遣いをみせた谷口は、美香から文句なしの高評価を獲得した。

「栞、谷口さん、やっぱりいいじゃん、もう、すぐにでも結婚したっていいくらいじゃ

ないの、新築マンションに住むのも夢じゃないよ。うん」

帰り際に美香はそう言って、確かに今夜の谷口を見る限りではその通りなのだろうが、そんなに単純にいくとは思えない何かがまだあるような気がしてならなかった。それを誰かに上手く説明することは難しかったし、未だに谷口の気持ち一つ、はっきりと聞けずに悩んでいることを美香にも言い出せずにいた。


今夜は美香が谷口のことをとても褒めてくれて、楽しい時間を過ごせたのだからそれで良かったんだ、栞はそう思おうとした。

けれど何が楽しかったのだろう。ドレッサーの鏡に向かって化粧水をたっぷりと付けている時に栞はふと思った。

美香が谷口とのことをお似合いだと褒めてくれたこと？

谷口が気遣いを見せて場を盛り上げてくれたこと？

それは私のためにそうしてくれたの？　それは私のことを好きだから？

何を自分に問いかけても、どれも答えは見つからなかった。

答えが出たとしても、それが正しいかどうかは分からないからだ。

いつも一人で我慢して、いつも一人で頑張ってしまう。

誰にも上手く言葉では説明できないあれこれが、いつしかわだかまりとなって澱《おり》のように栞の心の奥に溜まっていくのだった。

谷口と出会ってから半年以上が経ち、拒食症は随分良くなっていた。食べ物のことばかり考えることはすっかりなくなったお陰で、以前のように食事で困ることはもうなかった。何を着てもぶかぶかとして不健康そうに見られていたのに、体重も増えて生理も戻った。

これから先の結婚や出産を考えると、過激なダイエットが原因で子供が授からないのだとしたら後悔してもしきれないだろう。だから生理が戻ったことは大きな安心材料となった。

今ではもう一般的な「スリム」という程度の印象になっていた。

拒食症が良くなったことも、健康な身体に戻りつつあることも、谷口に出会えたからだ。夢見ていた理想のタイプそのままの人が現れたから、ダイエットなんて何の意味もないのに頑張り過ぎていただけだと気づけて、アッと言う間に元気になれた。それは栞にとっては「奇跡」で、谷口は「運命の人」に思えるのだった。

だから絶対にこの恋を実らせたい、結婚するまで頑張らなきゃ。

ダイエットの次はこの恋を成就させて谷口と結婚することに、栞はいつしか必死になっていた。ダイエットのための行き過ぎた我慢や頑張りが、拒食症を招いたのと同じ理屈で、何かに本気で向かうとストイックになり過ぎることが、栞自身の問題の根源であることには気づけないでいた。

やがて二人に初めてのクリスマスが訪れる。

栞はプレゼントにイタリア製のネクタイを用意した。谷口の年齢を考えると、やはりそれなりのものを身に着けてほしいと思ったし、シンプルなデザインのものを選べば、谷口が普段着ているスーツには合わせ易いだろうと考えた。休日に何軒もデパートを回ってようやく気に入ったものを見つけた。クリスマスプレゼントだからといって仰々しいラッピングは嫌だったから、包装紙とリボンもできる限りシックなものを拘《こだわ》って選んだ。

どんなレストランを予約してくれたのだろうと期待して、栞はイブのデートのコーディネートにはいつも以上に気を使った。

シルクウールの光沢がある黒色のワンピースに、オフホワイトのフェイクファーのコートを合わせた。コートはAラインでふんわりと裾が広がった女らしいデザインが栞にはよく似合う。フェイクにしては値が張るものであったが、フェイクファーを堂々と着られるのは若さの特権だと、セレクトショップで買い求めた一点ものだった。ボリューム感のあるそのコートは華やかな印象になるが、だからこそ合わせるワンピースはシンプルなデザインのシックな黒にした。シルクウールの上質な光沢は、栞をこの上なくエレガントな女性に見せた。

ブルーグレーのサテン生地で作られた華奢なクラッチバッグを差し色に持ったら、クリスマスらしい華やかな装いになった。

海外の流行りのハイブランドのものなら何でもよいから欲しいという欲は栞にはない。本当に自分に似合うもの、自分の好みに合ったものをいつもチョイスした。

ブランドのバッグを持って嬉々とすることは、個性を台無しにする気がした。美香のような女性が持てばバッグも映えるが、若い女性ではハイブランドのバッグに負けてしまうことも多い。釣り合いがとれていないことだって本当はいくらでもあるはずだと栞は思う。

「ほら、今夜の私には断然このバッグがよく似合う」

支度が済んで、ドレッサーの鏡に向かい独り言を呟くことは、すっかり習慣となっている。

恋する二十三歳の女性が努力をして綺麗にならないわけがない。

栞は以前にもまして肌の手入れを入念に行い、美容院でヘアケアをし、ナチュラルに魅せる巧みなメイクアップのテクニックを習得して綺麗になる努力を惜しまなかった。

クリスマスイブのこの日の栞には、誰がどう見ても洗練された美しさがあった。

今日の装いを谷口もきっと気に入ってくれる、そんな自信があった。


ところが会うなり谷口は、忙しくて店の予約ができなかったと言う。

栞はあまりのことに言葉を失った。初めてのクリスマスなのにいくら何でもひど過ぎる。

クリスマスは今や若いカップルのためのお祭りのようで、美香は彼に外資系ホテルのエグゼクティブフロアを予約してもらったと話していたし、当然谷口も何かしらのサプライズを考えていてくれると期待していた。

「今夜は予約で満席です、すみません」

何軒ものレストランで断られた後、谷口はチェーン店の手打ちうどんの店の駐車場に車を停めた。まさかこのチェーン店のうどん屋に入るつもりなのか、と栞は唖然として目を疑った。けれど、どこも大渋滞が起きている中、ここに辿り着くまでに何軒もの店先で同じようなやりとりをして、断られ続けてきたのだから観念するよりなさそうだ。

「ごめん、今夜は予約なしじゃ、もうこういう店しか無理だよなぁ。ほんと、ごめん」

嫌だと駄々をこねたところでどうしようもないことは分かっていたので、栞は何も言わず助手席からさっさと降りた。

足元の靴は、今日初めて履いた洒落たデザインのハイヒールだ。ハイヒールといってもピンヒールではなく、ヒール部分はしっかりとした太さがあるもので、ピンヒールと同じくらいの高さのあるものをいつも好んで選んだ。踵の太いハイヒールはただ歩きやすいからと機能面を重視して選んでいるわけではなく、堂々としてかっこいい女性に憧れる気持ちがあるからだ。スウェード素材のその靴は皮製品に比べてこまめにブラッシングをしなければならないが、靴や洋服を大切に手入れすることは栞の好きな時間の過ごし方でもあった。

要するに頭の上から足の先まで栞は手を抜かない。ほどほどにしている日もあるが、今日のイブのデートは栞にとっては特別だった。

クリスマスイブのその日にデートができるのは恋人である証《あかし》なのだ。相変わらず谷口の本当の気持ち一つ分からないままでいたが、それでもイブにデートができること自体が恋人である証拠だという思いが栞にはあった。

それなのに、谷口がこの日のためにレストラン一つ予約していないことに栞は呆れ果て途方に暮れた。惨めで泣き出したいような気持ちだった。

うどん屋の眩しいくらい明るい店内に、店員の威勢のいい声が響き渡る。

「いらっしゃいませ〜！　こんばんは！　お二人さまですか？」

その大きな声のせいで、席に着いている店内の客が一斉にこちらを振り返るのではないかと栞は気が気ではない。案内された簡素なテーブルで二人は向かい合って座った。数字の3と書かれたプラスチックのプレートが貼られたテーブルの上に、安っぽいコップになみなみと注がれた水が置かれたのを、栞は黙って見つめていた。

精一杯めかしこんだ栞は、その店にはあまりにも不似合いだったから、店員だけでなく周りの客からも容赦なく好奇の目を向けられることになった。

注文を済ませると間もなく、大きな海老と野菜の天婦羅と釜揚げうどんのセットが置かれて、栞は仕方なく箸をとる。惨めで恥ずかしくて何を食べても味なんか分からなかった。

谷口も黙ったままで箸を動かしているから、しらけてはいけないと思って何とか話題を探そうとしたけれど、それさえも上手くいかなかった。何かを口に運んでいるから涙がかろうじて止まっていてくれるだけだ。

「こういう店のわりにはさ、麺にコシがあったよね」

会計を済ませた谷口はバツの悪さを隠すためかそれだけ言うと、栞のために助手席のドアを開けた。

車に乗り込むとようやくホッとした栞は、気を取り直して笑顔でプレゼントを差し出す。不機嫌なままでいても仕方がない、ましてや感情に任せて不満をぶちまけるのは決して得策ではないと冷静に考えたからだ。

「お、ありがとう……開けてみていい？」

「ネクタイにしたの。きっと似合うと思うから普段たくさん使ってくれると嬉しいわ」

「あぁ、落ち着いたいい色だね。ありがとう。使わせてもらうよ」

暫く沈黙が続いた後、谷口がなぜ黙っていたのかが栞にも分かった。

「あのさ、ごめん。俺プレゼントも用意できなくて。ホントごめん」

栞は言葉を失ったままだ。

「ごめん、本当に。忙しいって言うばかりで。ダメだよな、俺。こんなふうだからいつも振られちゃうわけ。でも栞は俺の仕事のこともよく分かっていてくれて嬉しいから」

その時初めて「栞ちゃん」ではなく「栞」と呼ばれたことに気がついたが、そのことに谷口は何の意味を持たせるつもりなのだろうかとぼんやり思った。

ここにきてふと涙がこぼれ落ちてしまったが、もし谷口が気づいたとしても涙の本当の訳を少しも分かっていないことが、栞にとっての絶望だった。

思い返せばいつもだった。いつも「分かっていてくれる」と言われることが「だから結婚を考えられる」に繋がるような期待をして、栞は何もかも許して我慢してしまうのだ。

イブにデートをするのにプレゼントを用意できない、そんなことって本当にあり得るのだろうか。

プレゼントを選ぶ時は、贈る相手のことを考える。喜んでくれるか、好みに合っているか、使ってもらえそうか、自分のありったけのセンスを駆使して選ぶ時間と気持ちも一緒に相手に贈るのだ。喜んでもらいたくて。

それができないという理由は、もう単に忙しいからというだけではないような気がした。

私のこと、それほど好きじゃないのかもしれない。

そう考え始めると、そうとしか思えなかった。

だからプレゼントのことやレストランの予約にまで気持ちが回らないのだ。

どれだけ相手を好きか、その好きな気持ちとは本人の感情なのだから、力づくでどうにかできるものではない。

頼み込んで好きになってもらうものでもないし、気持ちがないとしても、それを責め立てることもできない。

谷口は私のことをそれほど好きじゃないのだと、仕方なく結論を出した。

「ホテル、行っていい？」

栞の顔も見ずに谷口は呟いた。二人にとっては、その日が初めてだった。谷口からようやく誘われたことで、「私のこと、それほど好きじゃない」という結論はひとまず保留にすることにした。


イブの日のラブホテルはどこも空室がなかなか見つからなかった。

「その日」を待ち望む気持ちは、栞を早くから駆り立てて準備へと向かわせていた。もうはっきりとした予感として「その日」が近づいているように感じられていたからだ。

クリスマスプレゼントを探しに行った時、デパートでランジェリー売り場を覗いてみた。

「白やピンクじゃ子供っぽいしありきたりよね、私はピンクってタイプじゃないのよねぇ」

栞はマネキンに着せてある美しい刺繍が施された濃紺のブラジャーとショーツに目を奪われた。

「うわ、なんて綺麗なの。あぁ、ラ・ベルメールかぁ」

フランス語で「美しい海」という意味の、そのブランドの名前だけは聞いたことがあった。フランス製の薄手のシルクで作られた下着は目も覚めるような美しい色合いだ。女性の身体にフィットするよう計算されてカッティングが施されているらしく、見るからに着心地が良さそうで栞はしげしげと眺めてしまう。過激なものや奇抜なものは好まないから、この上品で優美なデザインもたまらない魅力だった。

「こちらは本日入荷したばかりのお品です。他にお色違いもございますよ。よろしければサイズをお測りしますのでお申し付けくださいね」

随分と店員の対応が丁寧だったから色違いの方にも目をやると、山吹色や濃い緑色のものも並んでいる。どれも初めて見るような色味だった。けれど値札を見ると流石《さすが》に驚いた。それはウールのセーターでも買えてしまうくらいの値段だったからだ。

「どうぞご遠慮なくお試しください」

店員に勧められるままにフィッティングルームで試着すると、想像以上の軽さと付け心地の良さと自分のボディラインさえも変化して見えることには驚いた。デザインの優美さといったら日本のメーカーではなかなか真似できないものだろう。

とはいえ、これは想定外の出費になってしまう。

この高価な下着は私には贅沢過ぎるんじゃないかしら？

これはもっと大人の女性でないと似合わないのじゃないかしら？

谷口はこの下着を見てどう思うかしら？

買わない理由を自分に問いかけてみたけれど、どれも諦める理由にはならなかった。

フィッティングルームのライトに照らされた栞の肌はシミ一つなく透き通るように白く滑らかで、ラ・ベルメールの優美なデザインと美しい色合いは今の栞に十分ふさわしいものだった。


谷口は栞を抱きしめると「あぁ、本当に可愛い」と感に堪えぬように一言だけ言ったけれど、ラ・ベルメールの下着を褒めてくれることもなく、他には谷口からの愛情を感じられる言葉は何もなかった。

そもそも行為の最中の会話が極端に少ないのだ。

どのくらいが「普通」なのかは栞には分からないが、想像とはかけ離れていたことは事実だった。

お互いの何もかもが包み隠すことなく分かることで、今までより親密な気持ちの繋がりを感じられるようになる。だからこれまでは言えなかったことも遠慮せず言えて、もっと楽に分かり合えるようになるだろうと栞は思っていたのだ。

けれど想像と違ったのは、谷口の一方的とも思える行為によるものだと気がついた。満たされて幸福な気持ちになるどころか、身体を重ねることで谷口の愛はどこにもないことが分かってしまった。そこに言葉が介在しないことで嘘、偽りもなく、これが谷口の自分への気持ちなのだと思うと、胸の奥まで深々《しんしん》と冷たく感じられるような寂しさを覚えた。

普通ならもっとお互いを思いやって、たくさん会話をしてコミュニケーションをとるものなんじゃないのかしら。

もしも口下手で会話が少ないのだとしても、それならもっと愛おしくお互いを見つめ合うことで、愛情を伝え合うものなんじゃないかしら。

それが栞にとっては「普通」であり自然なことであった。

栞はどうにも違和感をぬぐい切れず、谷口の腕の中にいても頭だけは冷静に冴えわたったままだった。

プレゼントさえ用意してくれなかったからだろうか、二人にとっての初めての情事が気恥ずかしくなるほどけばけばしい装飾のホテルになってしまったからだろうか、いや、そんなことより、年末年始は会社の同僚とスキーに行くから、会えるのは五日になると言われたからだろうか。


家に帰ると沈んだ様子の娘を多恵子は本気で心配し始めた。

「谷口さんって、栞のことをどう思ってるのかしら？　こんなことではたとえ結婚したとしても、毎日夫が帰ってくるまで心配して待っていないといけないじゃないの。お母さんはあんまり賛成できないわ。ほら、前にお付き合いしてたM大学の小島君。あの子みたいに優しくて、栞のことをちゃんと大事にしてくれる人の方がずっといいのよ」

多恵子の小言はいつまでも続いて、同じような話を繰り返すことに栞はうんざりして、もっと惨めな気持ちになる。

多恵子に改めて言われなくても、そんなことくらいはよく分かっていた。自分のことを大切に考えてくれる人と一緒にいた方が幸せになれる、それは確かにそうだろう。小島と行った何年か前のクリスマスディナーのことを思い出す。

いつも私が喜ぶようなことを考えていてくれたっけ。何でも話せて何でも分かってくれて楽だったなぁ、あの頃は何も頑張らなくてよかった。でも、もう今さら遅いの。

栞は懐かしく小島のことを思い出しはしたが、よりを戻したいという気持ちは少しもなかった。今、心にあるのは谷口のことだけだ。

どうしてクリスマスプレゼントの一つも用意できないのか、仕事が忙しいことは分かっているが、それほどまでに時間がないのだろうか。それなら尚のこと、そんな状況の中で年末年始に会社の同僚とスキーに行けるものだろうか。彼女である私を放っておいて。すぐにではないとしても、結婚のことを少しでも考えての交際なら、

「お正月だから挨拶くらいは、させてもらおうかな」

と言ってくれたらという淡い期待も当然あった。今年で二十四歳になる。結婚を意識して付き合うことはむしろ自然なことではないか。

微かな疑念とそれを打ち消したい気持ちの狭間《はざま》で栞は迷い続けた。けれどここまできて今さら諦めることはできなかった。

だから全てを受け入れて、谷口が言うことを信じて耐えることに決めた。

きっと谷口と結婚する、その一心で今は何でも我慢する。

結婚できればそれでいい、結婚さえすればきっと上手くいくと考えた。

胸の内にある本心をそのまま誰かに打ち明けて相談していたら、その独りよがりの考えがどれほど愚かであるか気づけたはずなのに、誰にも言えず、ただ頑《かたく》なに我慢し続け

ることだけを栞はまた心に決めてしまった。

年が明けて一月五日のその日、予定通り谷口は栞の自宅まで迎えに来た。母の多恵子が谷口に良い印象を持っていないことは分かっていたが、家にあがらなくても外で挨拶だけでもしてくれないだろうかと考えて、自宅まで迎えに来てくれるようにと栞は頼んだのだ。きちんとした挨拶でなくても簡単な自己紹介だけでも構わない。谷口が毛嫌いされてしまうのはつらいことだった。

年末年始はずっと家にいたから、とうとう多恵子は怒り出したのだ。

「本当に、おかしくないかしら？　栞を放っておいてスキーもないもんだわ。あちらの親御さんは一体どういうつもりなのかしらね。ほら、栞の同級生の里美ちゃん、もう決まったんですって。お相手の方が大阪に転勤するとかで、結婚して一緒に行くらしいわよ。里美ちゃんのお母さんに偶然買い物で会ってねぇ、栞ちゃんもそろそろでしょう、って聞かれたのよ、本当にそう聞かれても困るのよねえ。里美ちゃんのこと覚えてるでしょう？　子供の頃から栞の方が勉強でも何でもできて、う〜んと頑張ってきたのにねぇ」

と言い出す始末で、勉強のできと結婚を結びつける多恵子の考え方に、栞は呆れてしまった。年の暮れから続く多恵子の愚痴に、栞ばかりか一郎までもが居心地の悪い思いをしていた。


「あけましておめでとう、今ちょっと母を呼んで来るから……」

「あぁ、早く乗って。ほら後ろ、車が続いて来てるから」

車はそのまま動き出して、大通りまで出てしまった。

「スキーはどうだった？」

諦めた栞は仕方なく尋ねる。

谷口がどこに誰とスキーに行ってどんなお正月を過ごしたのか長々と聞いてみたけれど、栞には疑う余地などない本当の出来事にしか思えなかった。

でも、行ってきたという白馬のお土産はやっぱりないのだった。

「ねぇ、スキーとか旅行とか行って離れている時って余計に会いたくなるものなんじゃないの？　私のことを考えてくれることはなかったの？」

多恵子があまりに不機嫌なので、ついに栞は思っていることを口にしてしまい、「しまった」と聞いたそばから後悔した。とにかく結婚するまでは何でも我慢しようって決めたのに。

「うん、考えてた、考えてた。栞ちゃんに会いたいなぁ、どうしてるかなぁって考えてたよ」

谷口は不機嫌になるでもなく、冗談のように笑って言った。

だから栞もつい意地悪なことを言って、谷口の気持ちを試してみたくなった。

「私ねぇ、今度合コンに誘われてるの」

「え？　ホントに？　それ行くの？」

「う～ん、別に行きたいわけじゃないんだけど、同期の子が幹事なのね。だから人数合わせで頼まれちゃって断れなかったの」

「もう行くって返事したの？」

「あ、うん、そうなの」

栞が頷くと谷口はそのまま押し黙ってしまったが、暫くしてから口を開いた。

「へ～え、俺に相談もせずに勝手に行くって決めちゃったんだね」

谷口の反応は予想以上で、その声は皮肉に満ち、はっきりと怒りの感情さえ見てとれる。

「で、どんな会社の人たちと合コンするの？」

「K建設、って言ってたと思う」

初めから合コン相手の会社まで言うつもりはなかったのに、栞は聞かれてつい素直に答えてしまう。

谷口と同業の大手他社なのは分かっていたので、本当に伏せておくつもりだったのだ。

「K建設！　超大手じゃん、エリートばっかり来るんだろうな」

谷口は明らかに嫉妬の表情を見せて吐き捨てるように言うと、それきり口をきかなくなってしまった。谷口のこの子供じみた反応に栞は狼狽《うろた》えた。

合コンに誘われたことは事実だったが、本当はその時既に断っていたのだ。ちょっと谷口を心配させたい、そんなに好き勝手して放っておかないでって本当は言いたい。そんな気持ちから、からかってみただけだった。

それなのに谷口は、本当に嫉妬して怒ってしまった。

——案外嫉妬深いんだ。

谷口の反応は栞にとっては嬉しいことのはずなのに、後味の悪さだけが残った。それは栞の気持ちが谷口に伝わっていないということでもあるからだ。気持ちが伝わっていれば、谷口はもっと自信をもっていられるはずだし、合コンに参加するくらいのことで動揺する必要なんて全然ないのだから。

今さら、本当は初めから行くつもりはなくて断っていた、と言ったところで信じてもらえそうにないから、どうとでもなれ、という気持ちだった。でも、軽い女だと誤解されたままでもつまらない。

「本当に、絶対行かないから大丈夫」

「行かなくていいの？　ホントに？　栞は美人だからさ、合コンなんか行ったら絶対いくらでも男が寄ってくるよな」

谷口の機嫌はあっという間に直ったが、今自分が言った言葉をしっかりと肝に銘じておけ、本当にそう言いたいくらいだった。


バレンタインデーが近づくと栞はチョコレートを用意した。手製のものを贈るつもりは初めからなかった。料理教室には通っていたが、日頃はお菓子作りなんてしたこともないのだから大して美味しくできないに決まっているし、手作り感一杯の不格好なチョコレートを渡していいのは高校生までだと栞は思う。

どこでも買えるありふれたものでは嫌だった。見映えの美しさに拘《こだわ》りたいと、チョコレートの本場パリの人気パティシエの専門店で、トリュフチョコレートを買い求めた。美しい包装紙で包まれたチョコレートを眺めていても、栞にはどうしても気がかりなことがあった。

チョコレートの出費など、何の痛手でもない。そんなことよりチョコレート一つにもこれほど心をくだいて選んでいるのに、谷口からのプレゼントはただの一度もないことがどうにも気にかかるのだ。

この前のクリスマスプレゼントでさえ、忙しくて用意できなかったとうやむやにされてそれきりだ。後で何か代わりのプレゼントを渡してくれるようなことも一切なかった。こんなことってあるのかしら、自分だけプレゼントを貰ったまま知らん顔するってどういうつもりなんだろう。考えても考えても栞には分からなかった。その答えがあるとすればやっぱり、谷口の心の中に私はいない、というところに行きついてしまう。

栞が本当に欲しいのはプレゼントではない。谷口に心から愛されたい、それだけだ。そして愛されて結婚したい。友だちは、いとも簡単に結婚していくように思えるけれど、栞にとって結婚は、なかなか手の届かない難しいことだ。

どうして私は叶わないのだろう。

純白のウエディングドレスを着て微笑む同級生の結婚報告のハガキをじっと見つめ、栞はため息をついた。

どういうわけかクリスマスイブの日に初めて行った趣味の悪いラブホテルを、谷口が決まって利用するのは栞には正直驚きだった。

谷口に聞きたいことは山のようにあるが、全部飲み込み、ひとまずベッドに腰かけて用意したチョコレートを差し出した。

「お、ありがとう。トリュフチョコレートかぁ。高そうだねぇ……あ、今日は会社でも義理チョコたくさんもらったよ。食べてみたいのがあれば一緒に食べようよ、見る？」

谷口のあまりにものんきな様子に栞はどうにも腹が立って、もう今日は谷口の気持ちをはっきり聞こうとついに腹をくくった。

「聞きたいことがあるの、いいかしら」

「何？　あらたまって。もう、俺、今週ホント忙しくてさぁ。でも絶対今日は栞に会いたいって思ったから、大急ぎで片付けて来たわけ。久しぶりなのにそんな怖い顔しちゃって。いやだなぁ。どうしたの？」

谷口も栞のただならぬ雰囲気に、これまでとは違う何かを感じ取ったようだ。

「私のこと、どう思ってるの？」

やっとの思いでそれだけ言うと、栞の胸の鼓動はますます早くなった。緊張して声が震えたが、初めてはっきりとした口調で言って、まっすぐに谷口の目を見た。

いつものおもねるような、何もかもが谷口の良いように、仕事で忙しい谷口が楽なように、自分の存在が負担にならないようにと考える気遣いは、もう微塵もなかった。

栞のきっぱりとした口調に、谷口の表情は明らかに変わって暫く沈黙が続いた。

「あぁ、そうだよね。そう思って当たり前だよ。俺のこと、何か普通とは違うって思ってるわけでしょ」

「うん」

谷口の声は、心なしかいつもより小さく感じる。うつむいてうなだれている様子を目の当たりにすると、栞は自分が谷口に意地悪を言って追い詰めているような錯覚が起こった。

けれどもう一度谷口の目をまっすぐに見る。そうしたらもう何を聞いても怖いことはない気がした。栞の決意が伝わったのか谷口が重い口を開く。

「今までずっと言えずにきちゃったんだけど、う〜ん、何ていうか、本当のことを言うと、俺には一つ問題があるんだよ。でもその問題が何かっていうことだけは絶対に言えないの」

ゆっくり考えながら谷口は話し始める。

栞はいよいよこれから何を言われるのかと身構える。問題とは何だろうか。

「何か悪い病気とかなの？」

不治の病のような厄介な病気を抱えて、二人の将来が夢見れないことを言い出せずにこれまできたのかもしれないと思った。それなら全て合点がいく。

「ううん、違う、病気じゃないよ。でも問題が何かは言えないんだ。でもその問題があるからどうしても普通には付き合えないんだよね。でも栞と出会って、その問題があっても初めのうちは会いたいって気持ちが強くて、なんとか時間も作ってたんだけど。その問題っていうのは、本当にどうしようもないことでさ。最初は問題よりも俺の気持ちの方が強くて頑張ってたんだけど、問題はなくならないし、俺の気持ちもだんだんと前みたいには超えられなくなってきてるの、ごめん、本当に悪いと思ってる」

谷口はうつむき加減で話すが、栞はどうにも要領を得ない。

「問題って、病気じゃないのなら、もしかして借金がたくさんあるとか、お金に関わることなの？」

借金を抱えているから、結婚を前提とした真剣な交際には踏み切れないのだろうか。借金の苦労に巻き込んで迷惑をかけるわけにはいかないからと、これまでただ会うだけのような関係に留めてきたのだろうか。

「う～ん、いや違うよ、お金のことじゃないよ。でも何かは言えない、ごめん」

栞はその他には、もう何も思いつくことはなかった。

「分かった、言えないならもう聞かないわ」

これ以上踏み込むことは無理だと思った。

「ごめん、こんなんじゃ、こんな俺とじゃもう嫌だよな、当たり前だよな」

「そんなこと……」

結局のところ問題が何かは分からない。それでも何か問題があることを聞けたことに栞はひとまず納得した。

でもこのまま、それが何かも分からないままで、普通とは違うからといって別れてしまうには惜しい人だと思った。

谷口は背が高くて好みの顔で、要するに外見は理想のタイプであることには違いない。名の通った建設会社に勤める建築士で、恋の相手としては何の不都合も感じられない。

何か問題があるようで普通の付き合いはできないけれど、気持ちが足りないというわけでもなさそうなのだ。だから谷口もこんなに苦しんでいる。

そう思えばこの人はやっぱり王子様なんだ、もう少し我慢してみよう、別れるとしても何かが分かってからでも遅くはない。それに結婚できないと決まったわけじゃない。

栞がそう結論を出した時、

「こんな俺とじゃ嫌でしょう？」

谷口が拗《す》ねるようにもう一度聞いた。

「ううん。大丈夫。それでもいい」

「えっ、いいの？　俺でもいいの？」

「うん、それでもいい」

栞は谷口にしっかりと抱きすくめられた。

——いいわ、それでも。だって問題が何かも分からないし、結婚できないと決まったわけじゃないのに、このままでは諦められないもの。


栞の二十四歳の誕生日のその日から谷口は取引先の接待で、ハワイに行ってしまった。出発前、「ハワイでもゴルフ三昧だから、ゆっくり買い物は難しそうだよ」と嬉しそうに電話をかけてきた。

買い物はスケジュールに入っていないから、お土産はないと思っておけば、もういちいち傷つかなくて済むのだろう。

谷口の身勝手さがなんだか腹立たしくて、バカバカしいとさえ思うのに、谷口と結婚したいと思う栞の気持ちは固く揺るがなかった。

この前聞いた問題が何なのかは日にちが経つにつれ余計に気になっていたけれど、病気でも借金でもないのだとしたら、二人の交際に差しさわりがあるような問題って一体何なのだろうか。

けれど、もしもこの先その問題が解決して結婚できたとしても、本当に幸せに暮らしていけるのだろうか。それは初めて栞の中でゆっくりと頭をもたげた新たな不安だった。

結婚はしたいけれど、こんな調子では谷口との幸せな結婚生活は望めないのかもしれない。愛されて大切にされていると感じたことなど一度もないのだ。その事実に今さらながら愕然として、ようやく多恵子がずっと心配していたことに栞自身も実感を伴って気づけた気がした。

結婚しても、こんな調子じゃ、自分だけが気を遣って疲れてしまうんじゃないの？　自分の気持ちは押し殺して、言われる通りに従うだけの毎日になってしまうんじゃないの？　それって対等な関係じゃないわ。

そんな窮屈な結婚生活のどこに幸せがあるのだろう。そもそも結婚するために、今、我慢していること自体がおかしいのではないか。

栞はここにきてようやく自分の頑張りを虚しく感じた。

ハワイから戻ったと谷口からの連絡があって、仕事の後に待ち合わせをした。食事に行った先は、いつ行っても行列の絶えない町中華の店だった。谷口がどうしてもラーメンを食べたいと言ったからだ。

その日の栞は季節を先取りしたくて白色のサマーニットを着ていたから、汁の跳ね返りが気になるようなラーメンも小籠包も食べたい気分ではなかった。

嫌だと言えば良かった、混雑する店先に並んでいる時から後悔していたのに、谷口はそんな栞の様子を少しも気にかけるそぶりは見せずに、なぜだか妙に機嫌が良かった。ハワイでゴルフをさんざん楽しんで、後はのんびりして久しぶりにリフレッシュできたと嬉しそうに話した。

こんなふうに谷口の話を聞くことに何の意味があるのだろうか。この人のどこが好きなんだろう？　外見以外ならどこに惹かれているんだっけ？　勝手なことばかり言って優しい人だと思ったことはただの一度もないのに。

栞は谷口の話に頷きながらハンカチを取り出して胸元に広げると、蒸し立ての小籠包を一口でほおばった。味は悪くない。けれど自分たちの関係が、どうにも不毛なものに思えてしまうことに変わりはなかった。

谷口からはハワイへ出発する前に、「誕生日おめでとう」と電話で言われただけだった。それのどこに愛されていると感じることができるだろうか。今日会って谷口の希望通りの店でラーメンを食べて、ハワイの土産話を聞いて、それがこれからの何に繋がるのだろう。どれだけ経ってもこの人は何も変わらないのだ、きっと。

「この人」、栞は自分が谷口のことを冷静に心の中でそう呼んでいることに気がついた。出会ってから一度も谷口のことを名前で呼んだことはなかった。なんだか恥ずかしくて何と呼べばいいのかも聞きそびれていた。「谷口さん」と呼ぶのは他人行儀な気がして嫌だったから、呼びようがないままでここまできてしまったのだ。

——私、「この人」の名前さえ呼んだことないじゃない。こんなの絶対に普通じゃないわ。


街路樹の若葉が日毎に濃い緑色になっていく。

谷口と出会って、一年が経とうとしていた。

この前谷口に会ってから、栞には迷いが生まれていた。この恋にしがみついたとしても何の進展も望めないことはよく分かった。けれど諦めることもできなくて、いつも心の奥に重たいものを抱えていた。その苦しさから栞は初めて、美香に谷口への不信感を口にすることができた。

「栞の誕生日にハワイに行ってて、それでどうして何も買ってこないのよ？　そんなのおかしいじゃない。ショッピングモールに行かなくたって、空港の免税店でいくらでも買えるじゃない。口紅の一本くらい恋人じゃなくても買ってくるわよ！　第一、谷口さんに何か問題があるって分かったのに、なんでそれでもいいのよ？　いいわけないでしょう？　栞は本当になんで我慢ばっかりしてるのよ、もっとちゃんと怒りなさいよ！」

美香に詰め寄るように言われて、栞はもっともだと思った。どうして自分は我慢ばかりしてしまうのだろう。

その時今まで押し殺してきた感情が一気に沸き上がって、もうどうにも抑えきれなくなった。

事務所を出てエレベーターホールの公衆電話にまっすぐ向かう。谷口の会社に電話をするためだ。大きく息を一つ吸って深く吐き出した。

電話はすぐに繋がった。声を聞いてしまうと何も言い出せず、また同じことの繰り返しになるような気がしたが、そんなことはもうなかった。

「何もかも嘘なんでしょう？　今まで仕事を言い訳にしていたこと、全部嘘なんでしょう？」

言葉にすると、返事を聞くまでもなく嘘をつかれていることが真実だと確信した。

「ごめん……本当にごめん、ずっと嘘ついてて。俺、結婚してるの。ごめん」

谷口はあっけなく白状した。

「結婚？　結婚してるの？　結婚？」

耳を疑ったが、でもこれでやっと分かった。

「本当にごめん、でも最後にもう一度だけ会いたい。会って謝りたいんだ」

その時栞は、ようやく初めて谷口の本心に触れた気がした。これまで、谷口の本当の気持ちが知りたいと思っても少しも分からなかったのに、この言葉だけは谷口の本心だと分かった。

謝りたいと谷口が思っていることは、せめてもの救いだった。

これで谷口のことを憎まなくて済む。

涙は少しも出なかった。

栞からはもう何も言わなかった。言う必要すらないと思ったからだ。

これまでただの一度も谷口のことを既婚者かもしれないと疑ったことはなかった。そもそも既婚者がナンパするとは思いも寄らぬことであったからだ。

我慢せずもっと早く本音をぶつけていれば、谷口が既婚者であることくらい分かったはずなのに。気づくチャンスはいくらでもあったはずなのに。本当は出会った頃から、何かおかしいという谷口への不信感は栞の中にずっとあった。

それなのに、結婚するために我慢に我慢を重ねてしまった。

谷口を責めても恨んでもそこから生まれるものは何もない。

谷口への怒りより、自分の愚かさがどうしようもなく恥ずかしく、情けなかった。

高校生の頃の多恵子との会話がふと頭をよぎる。

「私ってホント真面目だなぁと思ったわ。でもどうしても、つい、頑張り過ぎちゃうんだよねぇ。適当にしておいた方が楽だし却《かえ》って上手くいくことだってあるのかもしれないなぁ。お母さんはどう思う？　皆は百人一首を暗記したって受験には意味ないって言うの」

「栞は冬休みずっと頑張ってたもんねぇ。頑張ればいい大学に行けて、そうしたらいい会社に就職できるでしょ。それでいい人と出会って結婚できるんだから、それが一番幸せに決まっているじゃない」

――頑張れば幸せな結婚ができるだなんてバカバカしい。そんなことある訳ないのに。

受話器を下ろしてからも、暫くその場に立ち尽くしていた。戻ってきたテレフォンカードを取り忘れたままで、ピピー、ピピーと機械音が鳴っている。

四月も半ばを過ぎた頃で日没にはまだ少し間があり、会社を出ても辺りは薄明るさが残っている。

地下鉄の駅の側に、谷口とまだ出会ったばかりの頃に二人で行ったバーが確かあったはずだ。栞は一人でバーに入ったことなんかなかったのに、どうにも気分を変えたくて立ち寄ることにした。

「masquerade《マスカレード》」重厚な扉に店の名前だけが記されたプレートが掲げられているのはあの日のままだ。思い切って重たい扉を押す。

「本日はお待ち合わせでいらっしゃいますか？」

「いいえ、一人です」

躊躇《ためら》うことなく栞はカウンターのスツールに腰を下ろすとおしぼりを受け取った。

「キールロワイヤルを。あぁ、ごめんなさい、やっぱりカンパリオレンジにします」

栞が注文を終えると、バーテンダーは手際の良い美しい所作でカンパリの瓶とよく磨かれた背の高いグラスを並べ、オレンジを手に取った。

「お待たせいたしました」

カンパリオレンジがすっと目の前に置かれる。一口飲むと、カンパリのほろ苦さとオレンジの果実味が広がる。グラスの冷え具合、氷とカクテルのバランス、アルコールの量、どれもが完璧で一見簡単なことのようで確かにプロの仕事だと思えた。

「美味しい」

お世辞抜きで思わず呟くと、バーテンダーは微かに頭を下げる。

三十代の半ばくらいだろうか、自然で落ち着いた物腰に栞は安心して口を開いた。

話してみたくなったのだ。何の関わりもない人だから話す気になったのだ。

「お伽話が終わったんです。今日。王子様と結ばれてラストシーンで本物のシンデレラになれるのは映画のストーリーだけでした。映画のヒロインみたいに豪華なホテルのペントハウスに泊まることも、たくさんのドレスをプレゼントされることも、贅沢なディナーも、バルコニー席でのオペラ鑑賞も、私には何一つなくて、ただずうっと我慢して、いつの日かシンデレラになれることを夢見るだけの奇妙なお伽話でした。随分と傑作でしょう？」

「『プリティ・ウーマン』のように、上手くはいきませんね」

「私、王子様と結婚するために、我慢ばかりしてしまって。本物の王子様ですらなかったのに。結婚することに囚われていたんです」

「結婚する時って、何か目には見えない大きな力が働いて、不思議といつの間にかそういう流れになっていくものなんですよ。結婚ってご縁のものっていうでしょう？　だから無理しなくても、いつかまた出会いがあって、自然に結婚する時が来るんだと思いますよ」

カクテルグラスを磨くバーテンダーの薬指にシンプルなリングを見つけて、栞は黙って頷いた。

「でも、しばらくは恋も結婚もお休み。私、つい、頑張り過ぎてしまうから疲れてしまって。相手のことを優先に考えたり、先読みしたり、傷ついたり、もう虚しくて」

「じゃあ、まずは何か楽しいと思うことを始めてみたらどうですか。自分をご機嫌にできるのはあなた自身ですからね。今度は自分のために頑張ったらいい。僕は、この店でピアノを弾くことが夢でした。お客様に聴いて貰いたくて、レッスンに通って練習したんです。ようやく披露できるようになって、ほら」

バーテンダーは嬉しそうに店の片隅に置いてあるアップライトピアノを指さすと、ゲストを見送るためにホールに出て行った。

――あぁ！　そうよね。楽しくて夢中になれることって不思議と上手くいくのよね。

拒食症は治ったし、何か好きなことにチャレンジしたら、何だってできるようになるかもしれない。だって、どうせ私はまた一生懸命に頑張ってしまうんだから。

店のざわめきの中にあの日の二人の面影を探してみたけれど、そんな幻想はどこにも見えず、栞はようやく全てのことから解放された気がした。


帰り道、地下鉄の駅に向かう途中でふと目をやると、コンクリートのほんのわずかな隙間からアザレアが生えている。

「こんなところで咲いてる」

乾いた土地や崖の上など過酷な環境を好むというアザレアは、凛として、ここでも鮮やかな赤色の花を付けていた。コンクリートに覆われていて見えないが、土の中ではしっかりと根を張っている様子が想像できる。栞にはこうして花開くまでの頑張りがよく分かる気がした。か細いながらも精一杯花をつけたアザレアに、どこか自分の姿が重なるのだった。

「あぁ、いい香りね。こんな小さな隙間でよく咲いた。ずっと耐えて、頑張ってきたんでしょう。だから花が開いたのよね。良かったわね。綺麗よ、とっても。よく頑張ったわね」

栞はアザレアの花を見つめ、喝采をおくった。

ひこうき雲～うつ病の夫と家族の愛の物語

プロローグ

夫の晃が亡くなった。

享年三十四歳、うつ病だった。

病院を受診すると、三か月程度の療養が必要との医師の診断が出て、勤務先である銀行を休職し、わずか四か月足らずでの出来事だった。

うつ病とは、最悪のケースでは死に至る病であることを美咲は知っていた。けれど、あまりにもあっけなくて、もう暫くすればきっと治ると思っていたから、まるで信じられなくて現実の出来事とは思えなかった。

晃のうつ病の症状は良くなったり悪くなったりを繰り返していたが、仕事を休み始めて三か月以上が経って、ようやく少しずつ体調の良い日が増えてきていたところだった。

大好きな音楽を快適に聴くために、新しいCDデッキを美咲と二人で近所の家電量販店に一緒に買いに行った矢先の出来事だった。

二十一世紀に入り世間では「ミレニアム」と大騒ぎをしてまだ間もない頃のことで、スマートフォンもYouTubeもない時代、CDデッキは音楽を聴くための必須アイテムだった。

晃は一九八〇年代の洋楽が好きで、部屋の壁は全部CDの棚で埋まるほどのCDコレクターだった。その新しい白色のCDデッキはコンパクトで持ち運びが簡単だからと、家の中のどの部屋で横になって休んでいても、好きな音楽が聴けるようにと買い求めたものだった。

晃はじっくりと取扱説明書を読んでから、複雑な操作があるとも思えないのに、息子の悠にドーナツを食べさせている美咲のことを呼んで、使い方を説明しようとする。

「美咲、ほらちょっと一緒に見ておいてよ。リモコンでも本体のボタンでも同じように操作ができるよ。ここで曲を飛ばしたり、番号を選んで直接曲の頭出しもできるんだって」

「へぇ、でもそのくらいできるから大丈夫だよ。それに私はそんなに使わないって。また分からなかったら晃くんに聞くから。ね〜、悠、たくさん食べたね。牛乳はもう飲まないの？」

美咲は三歳のひとり息子、悠から目を離すことなく大きな声でキッチンから返事をした。

けれどそのＣＤデッキは、それから後は美咲だけが使い続けることになった。

朝起きてまっ先にすることは、晃の仏壇の扉を開いて新しいお水をお供えすることだ。そしてお線香を上げて手を合わせると、ＣＤコレクションの中から何か一枚を選び出して仏間で音楽をかけた。

――今日はどれにしようかな。やっぱりサックスの音色がいいよね、私もこれ好きだわ。

晃が何か音楽を聴いていたいだろうと思って、夜眠る時に仏壇の扉を閉めるまで音楽をかけ続ける。

それがせめて晃への供養になると思っていたのだが、美咲にとってもいつしか慰めとなって心が静まり落ち着いていくように感じられるのだった。

まるで美咲がこれからずっとそうすることを知っていたかのように、ＣＤデッキは晃が自ら選んで買い、遺していったように思えて、美咲は何年もの間、朝から夜眠るまで音楽をかけ続けた。

晃の仏壇がある和室からはいつもお線香の白檀の高貴な香りがして、晃の好きだった音楽が聴こえた。

写真の晃は静かに美咲と悠を見つめ、微笑んでいてくれるのだった。

それからおよそ二十年の月日が流れて、そのCDデッキは流石《さすが》に不具合が生じるようになった。全く使えないことはないが、もうはっきりと役目は終えていた。

それは晃への想いが変わったのではなく、年月が経ったことで、もうそうしなくても美咲の心は穏やかでいられるからだ。

「突然曲が飛んだりするようになってきたよね、まだ音は鳴るし使えないこともないんだけどなぁ。でもこれだけは捨てるわけにはいかないの。残しておかないとね。ルイ、分かる？」

息子の悠は昨年の春に大学を卒業し、就職してからは一人暮らしを始めたので、美咲の話を聞くのは今では専《もっぱ》ら飼い犬のパピヨン、ルイの役目だ。

ルイは、悠が小学一年生の時に飼い始めたから、もうかなりの老犬だ。パピヨンという犬種は耳が蝶々のように大きく華やかなのが特徴だが、ルイの耳の飾り毛は成犬になってからもあまり伸びることはなかった。けれどそんなところまでもが愛くるしく思え、美咲と悠はルイのことをずっと大切に可愛がってきた。

晃が亡くなって後、美咲がどんなふうに一人で悠を育ててきたのか、そのほとんどの日々をルイは共に暮らしてよく知っている。

今年も晃の命日が近づいてお経をあげてもらうようお寺に頼もうと思う頃、きまって

「あの日」のことが蘇る。

美咲が二十年前のあの日のことを、これから先も忘れることはない。

あの日

良く晴れた冬の終わり、陽射しが暖かく感じられるような日のことだった。

美咲はいつも通りの家事を大急ぎで手早く済ませる。悠を公園に連れていくためだ。天気予報によると今日は三月下旬並みの気温になるらしい。それならきっと楽しく遊べるだろうと思い、洗濯物を干し終えた。

お砂場遊びのグッズを出して、着替えと飲み物をリュックに入れると、美咲はついでに布団も干しておこうと思い立って寝室の扉をノックした。

晃からの返事は聞こえなかったが、「入るね」と小さい声で言って扉を開けた。

晃がいつも休んでいる寝室は空気の入れ替えもままならないので、どこか空気が淀んでいるように感じられる。そこにはほとんどの時間をベッドで過ごす晃の体臭さえもこもっているようだ。美咲が寝室に入ると、咄嗟《とっさ》にカーテンを全開にして窓を開け放ちたい衝動に駆られるのは、ここ最近いつものことだ。

けれど窓を開け放つことは、ただ想像するだけに過ぎない。晃が休んでいるのだから、そんなことはできるはずはないのだ。

「ごめん、起こしちゃった？　今日は天気がいいから今から悠と公園に行ってくるわ。その前に私と悠のお布団、干しておこうと思って。晃くんのはそのままにしておいた方がいいよね？　ゆっくり休んでいてね。眠れるといいね」

こんなに天気が良いのだから、本当は晃の使っている枕カバーも、掛布団のカバーも外して洗って、布団だって一緒に干して掃除機をかけてしまいたい。そうしたら、どれだけ気分もスッキリするだろう。

けれどいつものようにそう思うだけに留めて、優しく声をかけたのに、晃の返事は聞こえないままだ。

「今日は、また調子が悪いんだ」

晃は背中を向けて、こんもりと布団に丸まったままでそれだけ言った。美咲には晃が布団の中で震えているように見えたが、小さくため息をつくと精一杯明るい声で返事をした。

「うん分かった、じゃあ悠と行ってきます」

「悪いね、一緒に行けるといいんだけど」

ようやく晃は顔を見せたが、表情は確かに硬いままでつらそうだ。

けれど調子が悪いと聞いたところで、側にいてできることは何もないと美咲は思っていた。だからせめて晃がゆっくり休めるように悠と外に遊びに行く、悠のためにもそれが一番だと考えていた。


公園では悠はいつも大きい滑り台で遊びたがった。悠を抱っこしたまま二人で何度も一緒に滑り降りる。けれどその日初めて悠は「ひとりでいく」と言って、高い階段を上って長い滑り台からあっという間に降りて来て美咲を驚かせた。

「すごいね！　悠、ひとりでできたね！」

そう褒めたばかりなのに、砂場では悠は急にご機嫌ななめになった。

大きなお山を作ってトンネルを掘ったところで、砂場用の「はたらくくるま」を持ってくるのを忘れたことに気がついたからだ。

「コンクリートミキサーしゃがない！　もう、いやっ！」

癇癪《かんしゃく》を起こしてスコップを投げ捨てる悠の鼻からは汚れた鼻水が垂れていて、また鼻が詰まってきた様子が伺えた。

だから余計に不機嫌になったのだろう。悠が風邪をひく時はいつも決まって鼻からだ。まだ自分で上手く鼻をかめないから、しょっちゅう耳鼻科のお世話になって何度も副鼻腔炎と診断されてしまう。耳鼻科での鼻の処置の時は嫌がって泣き叫ぶため、美咲はいつも手こずるはめになる。鼻を吸い出す器具を怖がって悠は力一杯暴れて抵抗する。だから大人しく処置を受けさせるのも本当に一苦労なのだ。

――また、病院に連れていかなきゃ。こんなに風邪ばっかりひいて、休まず幼稚園に通えるようになるかしら。

いつ行っても混雑している耳鼻科の様子を思い浮かべた美咲は、悠が春から幼稚園に入園することを不安に思わずにはいられなかった。

午後からは晃の両親の正孝と八重子が悠を預かってくれることになっていた。だが、また風邪をひかせてしまって八重子からは何か小言を言われるような気がして、美咲は憂鬱な気持ちになった。

舅の正孝も姑の八重子も決して難しい性格ではなかったし、息子夫婦にお節介を焼くようなこともなく、何においても理解を示してくれて良好な関係だった。

ただ、こと初孫の悠に関してだけは、何でもかんでも必要以上に心配する溺愛ぶりに美咲は度々困惑する。

あれもこれも憂鬱に思えてしまうことを、なんとか吹き飛ばすように、

「じゃあ、もうすぐお昼だしハンバーガーとフライドポテトでも買って帰ろうか、お父さんの分も……」

言いかけて美咲は口をつぐむ。晃は今日は食べられないような気がした。まだ起きあがれないような気がするのだった。

悠と一緒にいても晃のことを思うと美咲の表情は自然と曇り、いつも胸の奥がずしんと重くなる。

せっかく少し良くなってきたと思っていたのに。どうしたら治るんだろう、薬を飲んで寝ているしかないの？　今飲んでいる薬はちゃんと効いているの？

それは晃がうつ病と診断されてから、何度も美咲の中で繰り返されてきた疑問だった。

けれど思った通りのことを、うつ病を患う晃にストレートにぶつけることは決してしてはいけないことであった。

うつ病を患う人の心は極めてデリケートで、家族は細心にして最大限の注意を払わなければならない。何か言葉を発する前に自分の心の中で反芻して、相手を傷つける言葉が含まれていないかをチェックしてから話し始める。こちらに悪気はなくても思ったことをそのままストレートに言うことで、病気の相手をノックアウトしてしまうことにな

りかねないからだ。

心の病のことを正しく理解して本人のつらさを分かってあげることは、家族でさえとても難しいことだ。それは他の病気とは違って、病気の状態や程度が数値では表せないことも一つの要因なのだろうと美咲は思う。

「今は病気なんだから仕方がないの、きっと良くなるから、それまではゆっくり休んでね。もし銀行を辞めることになっても、春からは私だって働きにいけるんだから。私は働くことは好きだし。でも働くのなら悠は幼稚園じゃなくて保育園に通わせないとね」

美咲は晃を追い詰めることがないように、気楽な言葉だけをいつも繰り返していた。

一日中いつでも晃が横になって楽に休めるように、リビングのソファもベッド仕様にして、そこにも掛布団を常時置いて病気の晃を労った。


悠が普段通り昼食をよく食べたことに安心した美咲は、予定通り正孝と八重子に迎えに来てもらって遊びに行かせることにした。晃がゆっくり休めるようにとの気遣いから、よく二人は悠を連れ出した。

だからその日も、ありふれた日常の一日になるはずだった。

「また、鼻詰まりがするようなので、気にかけてやってもらえますか？　今日は外遊びじゃない方がいいかもしれません」

悠の顔を見ただけで相好を崩す八重子は、美咲の言うことは大して気にもとめず、悠を抱っこするとさっさと車に乗り込んでしまった。

「バイバイ」と小さな手を振る悠と、正孝と八重子も笑って車の窓越しに手を振る姿があった。

晃は陽射しが差し込むリビングの窓辺に立って、正孝が運転する車が見えなくなるまで黙って見送っていた。

無精ひげを生やしたまま、いつものグレーのパジャマ姿の晃は、穏やかな表情とは言い難いが決して険しい表情でもなかった。愛おしい息子の悠と両親のことを心に留めているかのように、いつまでもじっと見送っていた。

そもそも調子が悪いのに、見送りをしようと起きてきた晃の気持ちが美咲にはなんだか不自然に思えて、そのことが心にちょっとした引っ掛かりを作った。

だから余計にその見送りの様子は、つい今さっきの出来事みたいに美咲の脳裏に鮮明に焼き付いていて、いつでもはっきりと思い出すことができるシーンとなった。

それからのその日の出来事や感情、その直後どう行動したか、誰にどんなふうに連絡をしたか、もっともっと詳細な全てを忘れてしまえる日は決して来ない。

「今日は調子あんまり良くないの？　眠れなかった？」

「うん、昨日までは結構楽に音楽聴いたりもできていたのに、今日は見送りに起きてくるのがやっとなんだよ。本当に焦るんだ。だんだん良くなっていくばかりじゃなくて、またこうやって悪い方に戻るから。治らないかもしれないって思えてくる」

晃がゆっくりと絞り出すように言ったのに、こんなことを聞くのはもう一体何度目だろうかと思って、その時美咲の中で張り詰めていたいくつもの線の一つがふっつりと切れた。

「治らないって自分で思ったら治るわけなんかない！　ずっとこのまま、病気のままで何も変わらない！　悠と沖縄に行くって約束したのに！　約束を守れなかったら悠がもっと悲しむ。悠がこれ以上傷つくのはもういや！」

吐き出してしまってから、美咲はハッとした。

咄嗟《とっさ》にしまったと思ったがもう遅い。これまであんなに気をつけていたのに一瞬頭に血が上ったようになったのだ。

今の言い方はあまりにもきつかったと後悔して謝ろうとしたのに、とってつけたような言葉さえその時はもう出てこなかった。

晃の表情は驚きでサッと変わったように見えたが、何も言わずそのまま寝室へ入ってしまって、美咲は追いかけることも憚《はばか》られた。

「もっと悠のことを考えてあげてよ、悠のことを傷つけないでよ。悠を守りたいのに晃くんがそんなふうで一体私はどうすればいいの？」という言葉は、何とか胸の内に留まった。


晃のうつ病の様子が精神的な負担となり、幼い悠にチックの症状が出ていることが美咲には心配でたまらないのだ。悠にチックの症状が出たのは、晃が仕事を休み始めて暫くしてからのことだった。

「悠、お目めどうかしたの？　痛いの？」

テレビを観ている時に目をパチパチするのが頻繁になって、小児科に連れていった。

悠は医師の前でも、まばたきというには不自然なほど目をパチパチとしていた。

「うん、これはね、何か心に負担がかかっているんだね。ストレスっていうほどのものかどうかは分からないけれど、環境が原因になることは多いかな。でも自然に落ち着いていくから、そんなにお母さんが神経質にならないように、大事に見てあげればそれで大丈夫だから。何かに集中すれば症状はそんなに出ないと思うし。心配し過ぎないでね」という医師の見立てだった。

晃が会社を休んで家にずっといるようになって、これまでと生活が変わってしまったこと、何より晃自身の様子が変わってしまったことは、悠の小さな心にも負荷をかけていたのだ。美咲はすぐに気づいてやれなかったことを不甲斐なく思った。

晃にも流石《さすが》にこれは隠してはおけず、ありのままを伝えると、

「ごめん、ごめん、お父さんのせいだね、ごめんね」

と晃は何度も悠の頭をなでて謝った。

そして親としてまず悠のことを何よりも一番大切に考えようと、その時二人は話し合った。

その後、悠はまばたきだけでなく、何かを食べる前に咳払いを繰り返すようになって、それも同様にチックの症状だと小児科で説明を受けた。

「自然に落ち着いていくからね、大丈夫だから、心配し過ぎないで。お母さんも、悠くんも。ね」

医師の言葉はいつにも増して優しくて、美咲は母親として情けなく消えてしまいたいほどだった。

できるだけ楽しい時間を過ごさせてあげたい、負担をかけたくない、美咲の心は幼い悠のことで一杯になった。

まだ幼稚園に入園する前の悠が楽しい時間を過ごせるようにと、美咲はこれまで以上に一生懸命になった。近所の友だちと外で遊ぶ様子を見守り、毎週お弁当を持って子育てサークルの活動に悠と二人で参加した。リトミック教室にも欠かさず通って、悠が好きな歌や踊りを一緒に覚えて日々を過ごした。それは晃も望むことだった。

晃の焦燥感や病気のつらさも頭では理解していたつもりだったが、美咲は晃への精一杯の気遣いと、まだ手のかかる悠の育児に疲弊しきっていた。また風邪をひいた様子の悠を明日にでも耳鼻科に連れていかなければならないし、今日は正孝と八重子にどこに連れていってもらっているだろうか、温かい部屋の中で大人しく遊んでいるだろうかと、いつも悠のことが気にかかる。入園準備の裁縫仕事は思いのほかたくさんあり、アップリケを縫い付けながら幼稚園での新しい生活を思うと、美咲の心は心配で押しつぶされそうになる。

今の晃には悠のことを気軽に相談できないことが、ますます美咲を不安にさせていた。入園するまでに何とかチックの症状が落ち着いて良くなるようにと、毎日祈るような気持ちで過ごしていた。

そんな中で、また調子が悪いと言い出す頼りにならない晃にいらいらして、何もかも一人で抱えこんでいることがとうとう我慢できなくなって、つい、治るわけない！　など強い言葉が出てしまったのだ。

吐き出してしまった言葉の勢いのままに、やけっぱちのようになった美咲は一人でプールに出かけることにして支度を始めた。


お正月が終わって今年初めての診察の時に、晃は担当の医師からそろそろ何か身体を動かすことを始めると良いとアドバイスを受けていた。

「近所を散歩するくらいじゃ運動っていえるほどでもないから、プールでウォーキングをするのはどうだろう、悠を連れて美咲と三人で行けるしさ。どう思う？」

「あぁ！　それ、すっごくいい！　市民プールは温水だし、流水プールだってあるから悠はきっと喜ぶと思う」

通年営業している温水の市民プールは、市営のものとは思えないほどの整った設備で、競泳用のプールにはウォーキングゾーンが設けられ、流水プールや波の出るプール、子供専用プールと充実してとても人気だ。

晃の運動が目的だったけれど、晃の提案で三人で出かけたのは、まだつい先週のことだ。

晃はそれがうつ病の特徴なのか、思い詰めたような心ここにあらずといった硬い表情で、ひたすら前を向いたまま競泳用プールの一番端のコースを黙々と歩いていた。

その姿には体力作りのウォーキングというより、やはりどこか悲壮感が漂う。

悠はそんなことはお構いなしに大喜びをして、流水プールでいつまでも美咲と遊びたがった。

母である美咲にとっては、悠が楽しそうに夢中で遊び喜ぶ姿がそのまま自分の喜びとなる。ありふれた日常の中でも、その喜びは他の何にも代え難いものであった。

美咲は中学、高校では水泳部で泳ぐことは得意で好きだった。

けれど悠と一緒にいては自由に泳ぐことはできない。プールで子供から目を離すことは一秒だって無理なことだ。

だから正孝たちに悠を預けた時にでも二人でプールに行こうと、今日の午後から晃の調子が良ければ二人で出かける予定にしていた。

けれど晃は今日はプールに行けそうにない。さっきはひどいことを言ってしまって気にはなったものの、ずっと寝ているだけの晃と家の中にいるのはどうにも気が滅入った。

体調の悪い時の晃に接することはいつも以上に神経を使う。腫れ物に触るかのような扱いをせねばならないことは本当に気疲れするのだ。

今日はとうとう感情をコントロールすることさえできなくて、つい本音をぶつけてしまった。

どうしてこんなに気を遣わなくてはいけないのだろう。本音で話もできなくて、いつも同じような労りの優しい言葉をかけてあげなければならなくて、本当は二人で悠のことを一番大事に考えてあげたいのに。こんなことがいつまで続くの？

そんな気持ちが美咲をプールへの外出に向かわせた。ただそれだけのことだったのに、晃をひとり家に残して出かけてしまったことが、それから呆れるほどの長い間美咲を苦しめ、後悔する結果となった。


プールでは思いっきり泳いだ。水泳部で鍛えた美咲のクロールは、周囲の人が振り返るほどの見事な泳ぎっぷりだ。ターンを何度もして休むことなく続けて泳ぐ。泳いでいる間は晃のことも悠のことからも気持ちを離して、頭を空っぽにして泳ぎだけに集中した。高校生の頃みたいに遠くの水を掴むように腕を伸ばして、しなやかにキックを続ける。

一時間ほどたっぷり泳いだ美咲は、その時ふと水の冷たさに身震いして立ち止まった。急にひんやりと自分の周りの水だけが冷たくなったような嫌な感じに襲われたのだ。

「もう、四時か」

俄《にわ》かに晃はどうしているだろうと気にかかった。初めてあんなに強い言葉を言ってしまったからだ。晃の気持ちに負担をかけることは絶対に言ってはダメだとずっとこらえてきたのに、ついに不満をぶちまけてしまったことは、美咲には空恐ろしいことに思われた。

悠との約束が守られないと、それがまた、どんなに悠を悲しませるかと想像するだけで、美咲は母親としてこれ以上我慢することができなかったのだ。

途端に激しい後悔と早く帰って謝らなくてはという気持ちに襲われて、まだ大して泳ぎ疲れてもいないのに勢いよくざぶんとプールから飛び出して、更衣室へと急いだ。

とにかく家に帰ったらまずさっきのことを謝ろう、そして悠が帰ってくるまでの間はじっくりと晃の話を聞こうと考えて、髪もしっかり乾かさないままで車に飛び乗った。

病気はきっと良くなる。春から悠が元気に楽しく幼稚園に通えるように精一杯何でもする。だから良くなることだけを考えてゆっくりしてほしい。さっきはイライラして言い過ぎてしまってごめんなさい。病気のことを分かってあげられなくて、勝手をしてごめんなさい。

家までの距離がいつもより長く遠く感じられる車の中で、美咲は謝りたいことを何度も胸の内で繰り返した。早く、早く、今すぐにも謝りたかった。

帰り道、街路樹が眩しいくらいの夕陽に照らされる様子は、まるで手元に残る一枚の写真みたいにいつまでも美咲の記憶に残った。

家に着いてガレージに車を停め、鍵を開ける間ももどかしく玄関に入ると、そこにはいつもとはどこか違う静けさがあった。

出窓の脇のフラワーベースには薄紫色のストックが飾ってあって、いくつも可愛らしい花を咲かせている。悠が餌をあげるのを楽しみにしている数匹のグッピーは、水槽の中でじっとしていて時折思い出したように泳ぎまわっている。玄関の様子はプールに出かけた時と何も変わったところはない。

ただ、全ての物音がどこかに吸い込まれてしまったかのように、玄関はひっそりとして静寂に包まれていた。

靴を脱いで上がると、キッチンに向かう途中の廊下には静けさの中で冷蔵庫のモーターが動く音だけが低く響いていた。

静かだから晃はよく眠っているんだ、美咲は自分に言い聞かせると荷物を先に片付けることにした。

あんなに早く謝りたいと大急ぎで帰って来たはずなのに、先に荷物を片付けてしまわなければ、それはずうっと後回しになるように思えたからだ。

でもそれが外れたらいい、それはただの思い過ごしだと言い聞かせるのだが、物音一つしない静まり返った家の中では、自分の心臓の音さえも聞こえるような気がした。


静かなのは眠っていたからではなかった。


人はとてつもない衝撃を受けた時、心はすっからかんになる。思考も感情も何もかもが一度止まる。再びそれらが動き出すまでは、ただ呆然と立ち尽くすだけだ。

寝室のチェストの上には、何も書かれていないメモ用紙とキャップの外れたボールペンが置かれていた。

普段はチェストの上にはないものだから、晃が持ってきたことが美咲には一目で分かった。何かを書き残そうとしたけれど、何も書けなかったのだ。

本当は家の玄関に入ったもうその時に「もしかしたら」と感じ取っていた。

信じたくなくて先延ばしにしたいから、荷物を片付けていることくらい美咲は自分で分かっていた。水着をいつもより丁寧にすすいでからネットに入れて洗濯機に放り込んで、ゴーグルとキャップは洗濯ばさみで吊るしておいた。手を動かしながらも、これから自分の身に起こることに直面するのが恐ろしくて、でもまさかそんなことは起こらない、きっと大丈夫という一縷《いちる》の望みとの狭間《はざま》で震えていた。

洗面の鏡に自分の顔を映してみる。

大丈夫、何もいつもと変わっていない、肌が乾燥するから化粧水だけはつけておこう。

何をしてからであろうとも、寝室に向かう美咲の足はすくんだ。

晃を最初に見つけられたことが、せめてもの救いだと思えたのは、もっと後になってからのことだ。もしも正孝や八重子が先に見つけて、その後で知らせを受けたとしたらきっと耐えられなかっただろう。

——私のせいだ。私がひどいことを言って晃くんを一人にしたから。私のせいなんだ。

後悔と恐怖におののきながらも、急いで警察に電話をする。

「蘇生できる場合もありますから、まず救急車を呼んでください！」

そう言われて今度は一一九番に電話をかけ直す。

でもその時既に助かる可能性があるとは到底思えなかった。住所を告げて受話器を置くなり、美咲はつんのめりそうになるほど慌てて外に飛び出して、救急車が到着するのを待った。

冬の終わりのことで暗くなるまでにはまだ少し間がある中で、隣に住む老夫婦がビオラの花に水やりをしながら話をしている。普段と何も変わらないのんびりとした様子が美咲の目に入った。驚かせるわけにはいかないからと隠れようとした時、家だけがいつも通りの日常からは切り離されてしまったように感じた。

家の場所は住所を告げただけで分かるのだろうか、前の道路の道幅が狭くて救急車は曲がりにくいのではないだろうかと美咲が一人で気を揉んでいるうちに、けたたましいサイレンが聞こえて救急車が到着した。

だが、救急隊員は寝室に入るなりあっけなく臨終を告げて、警察を呼ぶようにと言って帰って行った。

「ご主人は病気でしたか？」

パトカーで到着した警察官は美咲におもむろに質問した。

「はい。うつ病でした」

「奥さんが家に帰ってみえた時は、玄関のカギはかかっていましたか？」

「はい、玄関も他の窓も全部締めてから出かけて、鍵はかかっていました」

警察は事件性がないことを確認するんだ、美咲はぼんやりとそう思ったけれど、寝室のこの有様を見れば、誰がどう見ても他人の関わりなどないことは明らかだろう。晃に自分の気持ちはもう何一つ届かないと思うと、美咲にはこれ以上何かを口にすることはまるで無意味なことに感じられ、警察の確認が済むまで黙ってその場に立ち尽くしていた。

警察の対応は事務的で、うつ病の人なら仕方がない、よくあることだとばかりに終始冷静だった。

美咲への憐憫《れんびん》からか、「誰か頼りにできる身内に来てもらった方がいいですよ」とだけ言い残して帰って行った。

悠が正孝たちと一緒にいるから、すぐに家に来てもらうわけにはいかないと考えて連絡することがどうにも躊躇《ためら》われた。でも一人でいつまでも呆けたようになっているわけにもいかない。

ようやく決心をして正孝の家に電話をかけたが、大きな罪悪感と後悔に押しつぶされそうになって、この一大事にきちんと状況を説明することさえできず、美咲の口から洩れるのはとぎれとぎれの言葉だけだった。

「晃くんが、死にました、晃くんが」

「なにをっ？」

「晃くんが、家で」

「……たわけが」

正孝は押し殺すように一言だけ呟いた。

悠と八重子を自宅に残し、正孝だけが急いで駆けつけた。

階下の和室に布団を敷いて、晃を寝室から移動させることが一番先にすべきことで、いつまでも泣き崩れていればいいわけではなかった。

もう動かなくなった晃を正孝と二人で運んで布団に寝かせ、清潔な衣類に着替えをさせる。

このことは「これから一人で悠を育てていくこと」を象徴するかのようだったと、後になって何かつらいことが起こる度に美咲は思い返した。

「あの時だってできたんだから、私は一人でなんだってできる！」、と自分を奮い立たせた。

悠がいるから目の前のことをやらなければどうしようもない、逃げることはできない。泣いて立ち止まっていればいい時なんて少しもない。悠のために何だって一人でやるしかない。

それがどんなことであろうと、たとえ亡くなって硬直が始まっている夫を寝室から運び出し、服を着替えさせるという行為であろうとも、自分がやらなければ事態は何一つ進まないのだ。

晃を裸にして、下着と靴下と、お気に入りだったダンガリーのシャツとチノパンを苦労して着せた。それはかなりの重労働だったが、洗濯のしてある清潔な衣類を一つ一つ晃の身につけてやりながら、一人ではできそうにないことも、逃げ出したくなるようなことも、自分が立ち向かっていかなければ何も進んでいかないことを、その時美咲は身をもって自覚したのだった。

医師による検死が済むと、正孝との相談でどこのお寺にお願いするか、葬儀はどこの葬儀場で行うか、動揺と衝撃が少しも収まらない中で話し合いながら手を尽くしていった。

合間に正孝から、

「美咲さんは買い物にでも行っておったの?」

ふいに聞かれ美咲は狼狽《うろた》えたが、嘘をつくつもりは最初から少しもなかった。きちんと話さなければと思っていたくらいだった。だから事実の通り一人でプールに行っていたことを手短に話し始めると、正孝は美咲の言葉を遮った。

「それは、もう、誰にも言わないでおこうや。ずっと二人だけの秘密にしておこう」

正孝は涙をこらえているような表情だったのに、言葉自体は優しく美咲への思いやりに溢れていた。

「申し訳ありませんでした」

うつ病の晃をひとり家に残して遊びに行っていた嫁を、正孝が良く思わないのは当然のことだ。腹も立つだろうに、嫁にとっての不利益な事実を、他の誰にも知られないように隠そうという気遣いさえしてくれた。そう思えば言い訳一つできるわけもなく、有難く黙って頷くよりほかなかった。

もしその事実を知ったら、八重子も嫁のことを良くは思わないだろう。そう考えた上で正孝が「ずっと二人だけの秘密にしておこう」と言ったことくらいは、美咲にだって容易に想像できた。

晃が医師に勧められてプールでのウォーキングを始めたことも、先週は悠と三人でプールに行ったことも、今日だって元々は晃と二人で行くつもりにしていたことも、一言だけ謝った後はもう何も言えなかった。

事実は永遠に美咲の中に封印された。

美咲は正孝に責められはしなかったが、「二人だけの秘密にしておこう」と言われたことで、余計に自分のしたことが常識外れの悪事なのだと、もっと自分を責めた。

正孝だってつらくて悲しいのに美咲のことを赦《ゆる》し、もうどうしようもないことだと諦めて受け入れようとしているのだ。夫の親までも苦しめて、これから何がどうなっても、どんなことが起ころうとも、全ては自分が招いた過ちであり罪なのだから罰を受けることが当然の報いだと美咲は思った。

正孝に責められた方がいっそのこと楽かもしれないとさえ思った。

けれど正孝は、嫁であり、悠の母親でもある美咲のことを悪く言うようなことは決してなかった。

暫くして家の前で車が停まると、すぐにドアが「バタン」と閉まる大きな音がして、美咲の両親と兄夫婦が到着した。その途端、正孝は転げるように飛び出していって、いきなり玄関先で美咲の身内に向かって土下座をして詫びた。

「申し訳ありません、美咲さんと悠をこんな目にあわせてしまって。私の育て方が悪かったんです、これは私の責任です。本当にすみません、すみません」

土下座をしたまま何度も謝る正孝の姿に、美咲は自分の罪の大きさを改めて思い知らされることになった。

晃くんが死んでしまったのは本当は私のせいなのに。ひどいことを言ってそのままプールに行ってしまったんだから。

どれほど悔いてもどうしようもないことなのに、その思いが美咲の頭から離れることはなかった。

悪かったと思って、謝ろうと急いで帰ってきたのに、それすら叶わなかった。本当の気持ちは伝えることができないまま宙ぶらりんになって、いつまでも美咲の心に消化されることなく残り続けた。


やがて、正孝が迎えに行って悠が家に帰ってきた。

美咲は悠の顔を見るだけで普段は嬉しくなるはずなのに、晃のことをどう話すかも決めておらず我が子を前に緊張してしまう。

「どうしてぼくだけ、おばあちゃんのおうちで、よるのごはんをたべたの?」

悠は玄関に腰かけて、小さな靴を一生懸命に脱ぎながらも訝《いぶか》しげに尋ねる。

その日悠が履いていたベージュの靴、マジックテープでしっかりと留めるようになっていた形。紫色のフリースに渋い色のリバーシブルのダウンジャケットを羽織って、悠がちょっとカッコいい男の子みたいに見えたこと。美咲の一番好きなコーディネートだった一つ一つも、いつまでも鮮明に残るその日の記憶の一部となった。

美咲は悠の問いかけに答えてやることさえできず、せめて普段通りの笑顔を取り繕った。

「悠、おかえり！　和くんが遊びに来ているよ！」

「え～？　かずくん？　うそだ？」

夜の八時を過ぎているのに、車で一時間以上かかる町で暮らす従兄弟の和くんが来ているなんて、なんか変だ、そう三歳の悠でさえ思うのに、晃が突然亡くなったことでそれは現実のこととなっていた。

和くんは美咲の兄の子で、悠より二歳年上だ。行き来する度いつも二人は仲良く遊んだ。

「あ～！　かずくん、ほんとうにきてる！」

二人の子供たちはいつもと何も変わらない様子で、さっそく賑やかにブロック遊びを始める。その様子に美咲はどれほど安堵したか分からない。それが一時の安堵に過ぎないと承知の上だとしても、悠の笑い声が聞こえることにほっとした。

晃の勤務先の銀行にいつ連絡を入れるか、お世話になるご近所へ明朝知らせに伺う段取りなどの相談をし終えた頃に、その日来てくれた近しい人たちは皆帰ることになった。

「かずくん、ばいばい」

「うん、またあしたも、ゆうくんのうちにくるよ、そうなんでしょ？　おかあさん」

「あしたもくるの？　なんかへんなの」

悠には晃が亡くなった理由は絶対に言わない方がいいと誰からも忠告され、美咲自身も納得はしたが、何と言えばいいのか決めかねていた。

ようやく悠を寝かしつけようと寝室に向かうその時、

「おとうさんは？」

悠に聞かれて、美咲はハッと我に返った。

「ちょっとだけ病気がしんどくなったから、今夜は病院に一つお泊りすることになったんだよ」

美咲のついた咄嗟《とっさ》の嘘を疑うことなく、悠は「ふうん」とだけ言った。

でも、何かがいつもと違う、今までとはもう違うことを、悠が分かっているように思えた。

さっきの「ふうん」は、もう本当は何もかも知っている「ふうん」で、何もかも受け入れて既に諦めたような「ふうん」に美咲には聞こえるのだった。

それでも、いつもの寝室でいつも通り悠を寝かしつけた。

今夜だけはこのまま、ゆっくりと眠らせてあげたいと思った。

一体どんな言葉で悠に伝えれば良いか思いつかず、せめて明日まで先延ばしにしたかった。できる限り、こんなにも小さな我が子を傷つけたくない、その一心で。

これから、この子を私一人で守って育てていくんだ。晃が死んだのは自分のせいだ、それで悠をお父さんのいない子にしてしまったんだ。

美咲の中には繰り返し同じ思いが湧いてくる。

悠を一人前に育て上げること、それだけがたった一つ自分にできる贖罪《しょくざい》だと思った。せめてそれを成し遂げたら救われる気がした。

この子をちゃんと社会に送り出す。その時まで私は絶対に病気にならない。一日だって寝込んだりもしない。必ず一人で育てきる。

まだ夢の中にいるようで、何が不安で何が怖いのかさえ分からない中で、それだけを心に決めた。この先何があろうと絶対にそうする。それだけがこれからの自分の生きる意味だと美咲は思うのだった。

たった三歳の悠が成人して社会に出る日、それはとてつもなく先のことで、想像すらできないくらいの遠い遠い未来に思える。

そんな日が本当に来るのだろうか、私は一人でやり切れるのだろうか。

どれほど強く決心しようと不安はすぐさま湧いてきて、美咲は眠っている悠の小さな手をそっと握りしめる。

「悠、ごめんね」

それはその日から、何度心の中で悠に謝ったか数えきれない「ごめんね」の、最初の「ごめんね」になった。

夜遅くからは大粒の雨が降り出して、家の中にいてもたたきつけるような雨音が明け方まで続いていた。

晃は階下の和室で静かに灯されたロウソクの灯と、絶やしてはいけないとお寺の住職から教えられたお線香の元で目を閉じていた。ただ眠っているだけのようにも見える。もし朝になって目を覚ましてくれるのなら何度でも謝ろう、美咲はそんなことをまだ本気で考えていた。


眠ったのか眠らないのか分からないうちに夜が明けた。

悠は目を覚ますなり、美咲のところに泣きながら走ってきて言った。

「おとうさんが、おとうさんがバイバイって、さようならって、てをふって、でんしゃにのっていっちゃったよ、おとうさんは、でんしゃにのってどこにいったの？」

悠は必死で手を振る真似をして訴える。まだ何一つ話もしていないのに、どうしてそんなことを言うのか分からない。

晃が本当に悠に別れを告げたのか、それとも漠然とした不安感から夢でも見たのか、初めは分からなかった。

けれど、悲しみが満ち満ちた家の中で悠に起き抜けにそう言われても、美咲は驚くことはなかった。家の中は悲しみばかりが溢れていて、悠の言葉は何の違和感もなく美咲の心にまっすぐに届いた。

晃は電車に乗って、もう二度と戻らない遠い所へ旅立っていった、お別れの挨拶を悠にして。

晃ならきっとそうするだろうと思えた。だから悠の言ったことは、夢でも幻でもなく、本当に晃から悠への「さようなら」だったのだろう。

晃の遺体は棺に入れられて、通夜と告別式の行われる会場へと移った。

悠は何もかもがいつもと違うことに不安気な表情で、美咲の側を離れようとしない。おじいちゃんやおばあちゃん、叔父さん、叔母さん、従兄弟の和くん、たくさんのよく知った人たちがいても、今、何が起こっているのかも分からず不安なのは無理もない。

そんな悠の様子に、いつまでも何も話さないわけにはいかないと、ようやく美咲が決心できたのは通夜式が始まる少し前のことだった。

美咲は棺の側に悠を抱っこして、晃の顔を見せてやる。悠にとってはそれが亡くなった晃との初めての対面となった。

「お父さんはこれからお星さまになるよ。お空から悠のこと、ずっと見ていてくれるからね。今、お父さんはもう、ねんねしているんだよ」

「おとうさん、どうやっておほしさまになるの？　おとうさんひこうきがはっしゃして、おそらにとんでいくの？」

まだ三歳の悠が突然「お父さんはお星さまになる」と言われても、まるで理解のしようがないのは当然だった。

悠の言葉に美咲はもう答えてやることすらできなかったが、悠に話して聞かせるうちに晃が本当にお星さまになるように思えてくるのだった。

私が泣くから悠も泣く、美咲にもそれくらいは分かっていたけれど、涙も見せずに父親の死を小さな我が子に告げられる母親はいない。だから泣いた。

美咲だけではない。皆泣いていた。正孝も、八重子も、晃の弟の航も、親戚の人たちも、銀行の人たちも、大勢の参列者は誰もかれも言葉は少なく静かに泣いていた。

告別式では美咲が喪主を務めた。

「夫のことを、どうかいつまでも忘れないでください」というお願いは喪主の型通りの挨拶ではなく、その時の美咲の本心だった。

晃が亡くなったこと、晃がもうこの世からいなくなってしまったことは、家族や身内だけでなく関わりがある人たち全てにとって、大きな損失だと思えた。

会場のあちらこちらからは、すすり泣く声がして、幼い悠が父親の位牌を持って美咲の後をついて歩く姿は、誰の目にもあまりにも悲しく映った。

火葬場で晃と最後のお別れをして荼毘に伏す間も、親戚は皆、悠に努めて優しく言葉をかけていた。

それでも悠はよく知らない大人たちから話しかけられることが恥ずかしくて、ただ困惑している様子だった。

慣れないことと理解できないことだらけで疲れ果てているのだろうと、美咲はたくさんの大人に囲まれる悠の様子をじっと見つめていた。

あぁ、結局耳鼻科に連れて行けていない。大丈夫かしら。今夜あたり鼻詰まりがひどくなって咳や熱が出たりしないかしら、と心配になる。

悠の存在だけが夫の葬儀という非常時の中で、母親としてのいつもの美咲に戻してくれた。

市営の火葬場は築年数が経っている建物で、古ぼけた煙突から煙が静かに立ち上っていく様子が見て取れた。

「お父さん、今お空に上がっていったんだよ。今夜晴れたらお星さまを一緒に見ようね。お父さんを探してみようね」

美咲はできる限り高く悠を抱き上げた。

煙突から上がる煙の先には、よく晴れわたる青空に一筋の白く儚いひこうき雲が浮かんでいた。


火葬が済んで、遺骨を拾い骨壺に収めている時、

「おとうさん、ちいさくなった」

悠はそう言って骨壺に収まった遺骨を、「ちいさなおとうさん」と呼んだ。

「ちいさなおとうさん」は白木の箱に収められて、白い風呂敷で包まれて美咲へと手渡された。

通夜と告別式が終わり自宅に戻ると、間もなく和室には祭壇が設えられた。

祭壇は簡易の物だがそこに白木のお位牌と「ちいさなおとうさん」を祀った。祭壇の

側にお供えのお花を飾ると、一層それらしく感じられることが美咲を悲しくさせる。

「四十九日の法要まではこちらの白木のお位牌で、それ以降は黒の塗りのお位牌に変わります。法要までに仏壇を用意しておいてください、お寺さんから聞いてますよね？」

葬儀屋から言われても、今の美咲にはどうやってこの三日間を過ごしてきたのかさえ分からなかった。

晃が亡くなったその日から、悲しみと罪悪感に苦しみながらも悠のことに気を配り、次々とお悔やみに来てくれる近所の人たちや、親戚、会社関係の人たちの対応に追われていた。

そんな状況の中で何度か寺の住職から、これからの供養に関わる話を聞くタイミングもあったはずなのだが、四十九日の法要までに仏壇を用意することは今初めて知る気がした。

家に帰って少しは安心したのか、早速ミニカーで遊び始める悠を見て、もう、泣いているわけにはいかないと思うのだった。

けれど、だからといってまず何をすれば良いのか、何がどうなっていくのか何も分からない。

ただ目の前にあるのは、今日は悠に何を食べさせよう、この子が元気で大きく育つようにと、結局はその日々を積み重ねていくことだけだ。


暫くして晃の上司から電話があった。

「この度は心からお悔やみ申し上げます。私も北原くんの病気が良くなって、復帰してくれることを信じて待っておったのですが」

そうねんごろな挨拶を受けた。

「これまでお世話になり、本当にありがとうございました」

晃はうつ病で休職中ではあったが、退職していたわけではないので在職中の死亡を以って退職となった。

申請が必要な提出書類がいくつもあるので、直接説明をしたいから落ち着いたら一度出向いてほしいという旨の連絡だった。

生命保険の手続きや遺族年金など、晃の勤務先以外でも手続きすることが色々とあることは分かっていた。

晃が亡くなった今、これからの悠との二人の生活の見通しを早くつけたいと焦る気持ちが美咲にはあった。そんな事情などが分かるはずもない悠は、突然父親がいなくなったことで精神的に不安定で、慣れているはずの八重子にでも預けて出かけようとすると泣きわめいた。

「おかあさんと、いっしょにいく、おかあさんとがいい」

父親がある日突然いなくなってお星さまになったと聞かされれば、母親もそのままいなくなってしまうかもしれないと幼心に不安なのは明らかだった。

そんな悠を不憫に思い、胸が押しつぶされそうになる美咲だったが、全てはこれからの悠との生活のためにと八重子に頭を下げた。

「本当にすみません、用事が済んだらすぐに迎えにきますので。悠、お母さんはお父さんの会社に行ってくるだけだからね、そうだ、おばあちゃんとミニカーの街をつくって遊んだらどう?」

「美咲さん、悠のことは心配しないで。そんなに慌てて帰って来なくていいからね。夕食の支度もしておくから、今夜は家で一緒に食べましょう」

八重子は、気を張り詰めている様子の美咲を気遣った。

「ありがとうございます。すみませんがお願いします」

美咲は八重子に悠を抱っこさせると少しでも悠の元に早く帰れるように、泣き声を背に駅までの道を急いだ。

美咲は外に出ている方が、少しの間でも楽に思えた。

悠と二人で家にいると、晃がいないことに余計に意識が向いてしまうからだ。

晃の使っていたものは何もかもそのまま変わらずにそこにあるのに、晃だけがいなくなってしまった。

いつも着ていたパジャマ、服や靴、眼鏡、薬、読みかけの本、たくさんのＣＤ。

晃のものは何もかもが家のそこかしこにあった。いつ戻って来ても困らないのに戻ってこない。

例えば突然家から冷蔵庫がなくなったとして、その冷蔵庫は二度と戻ってこず、新しいものに買い替えることもできないのだとして、要するにこの先は冷蔵庫なしの生活をしていかなければならないとしたらどうだろう。まずは誰でも大変なことになったと驚き、困る。どうしてと嘆く。この先どうしようと不安になるだろう。

冷蔵庫なしの生活を「はい、分かりました」と簡単に受け入れることはできないのと同じように、晃が突然亡くなったことを受け入れることは容易ではなく、そんなことは実際したくもないのだった。

これまでとは違う落ち着かない生活の中で、悠は美咲が心配する通り体調を崩すことが多くなった。耳鼻科は元より急な発熱で小児科にかかることも頻繁になっていた。

かかりつけの小児科の医師は事情を知ると、

「うつって心の風邪、だなんていうけれどそんなの嘘だよね。そんなに軽いことでも簡単に治る病気でもないよね。うつって心の癌だよね」

医師は、眼鏡の奥の温かいまなざしを美咲に向けて理解を示した。

「う〜ん、難しいかもしれないけど、今まで通りの生活のリズムを取り戻してあげることがまず大事かなって思うよ。またいつでも来てね、悠くん、バイバイ」

けれど、通夜にも葬儀にも来られなかった、或いは後から知らせを受けたという人たちが自宅を訪れることも多くて、「今まで通りの生活」にはなかなか戻れそうにないのだった。

晃の学生時代の友人や、銀行の人たち、正孝や八重子の知人までわざわざお悔やみに来てくれることが続いていた。

「本当に、こんなことになるなんて信じられない、私の方が先に逝かなければいけないのに」

晃の遺影を見つめ涙ぐむのは美咲にとっては初対面の初老の男性で、晃が最初に配属された支店の当時の支店長代理だと名乗った。一緒に働いた頃の思い出がたくさんあって、と声を詰まらせてあんまり悲しがるので、美咲は晃がよく使っていたネクタイを一つ形見分けとして渡すと、涙を流して喜ぶのだった。

こんなにも晃は周りの人たちに必要とされ、愛されていたのかと弔問を受ける度に思い知らされることとなった。

「何も力になれなくて。何も分かってあげられなくて。ごめんな、ごめんな」と祭壇の前でいつまでも項垂《うなだ》れる同僚の姿に、
いいえ、悪いのは私なのだから自分を責めないで。本当は私のせいなんだから、ごめんなさい、もう謝らないでください。

美咲は心の中ではいつも同じ言葉を繰り返していた。

出会い

北原晃は都市銀行に勤める銀行員だった。一般の営業店から名古屋市にある銀行本部の広報部に転勤となり、川野美咲と知り合った。

美咲は広告代理店に勤務し、クライアントであるその銀行の営業担当として働いていた。

新任の挨拶のために、銀行側から広告代理店の事務所に赴くことなんてこれまでにあっただろうか、随分丁寧だこと、と美咲は思う。

「初めまして北原と申します。本部は初めてですし、広告のことはさっぱり分かりませんのでよろしくお願いいたします」

名刺を差し出す晃は、にこにことして温厚そうな人柄に見えた。

「川野美咲です。こちらこそよろしくお願いいたします」

美咲が頭を下げた時、晃の足元が視界に入って、思わず笑いがこみあげてくるのをこらえた。

スーツのパンツの丈がなんとも微妙な長さで、白い靴下がちらりと覗いて見えるからだ。靴はどう見てもありふれた安物だ。

うわぁ、だっさい。ファッションセンスの欠片《かけら》もないわ。どうしてあの長さで仕立てるんだろう、作ってから背が伸びたとか？　中学生でもあるまいし。

美咲はそう思っていることはおくびにも出さずに、にこやかに微笑みながら晃の着ている少しくたびれた紺色のスーツをまじまじと見つめた。

銀行員ってどうしてこう着るものに無頓着なんだろう。カッコ悪いって自分で思わないのかしら、ホント理解できないわ。

内心ではそう思いながらも同僚の愛と共に挨拶を終えると、丁重に晃をエントランスまで見送った。

「愛ちゃん、さっきの北原さんって人のスーツ見た？　もう、私笑っちゃいそうで苦しかったわ～」

「ホント、真面目な銀行員って感じ。銀行員のスーツって野暮ったいですよね。でも何はともあれ、本部に転勤ですものね。ここから上手くやればエリート街道に行ける人でしょ」

「あぁ、そうよね、誰だって来たくても本部に来られるわけじゃないんだから、きっとすごい賢くて優秀な人なんだわ、それはそれでやりにくいなぁ」

晃の方では「キラキラした派手なお姉ちゃんだなぁ。この人が担当で上手くやれるのか？」というのが第一印象だった、と結婚する頃になってから初めて美咲は聞かされた。

初対面の印象はお互い決して良いとは言えず、恋愛対象としては全くの対象外という二人の出会いだった。

晃にとって美咲は派手なタイプに見えたようだったが、お洒落に一切無関心な銀行員からしてみればというだけのことで、広告に携わる業界の雰囲気を考えれば、美咲がお洒落に気を遣うのは自然なことだった。

それでも責任感が強く、仕事はきっちりとこなして、上司だけでなくお堅いクライアントの銀行からもまずまずの評価を受けていた。

ある日美咲のデスクの電話が鳴って、晃からだった。

「これは川野さんにお聞きすることじゃないのかもしれないんだけれど、営業店に設置されているショーウィンドウの形状って、どうしたら把握できるんだろう。店舗によってまちまちですよね。全営業店の分を早めにまとめたいんだけれど、他の部にはちょっと聞きづらくて」

「あぁ、そんなことでしたらこちらでも把握できておりますよ。これで現状と相違がないか私の方から総務部に至急確認いたします。それから一覧表を作成してお届けしますから、少しお時間をください。夕方までにはなんとかしますので」

そう言って電話を切ると、大急ぎでショーウィンドウの資料を引っ張り出し銀行の総務部に電話をかける。アポイントをとるためだ。銀行の本部内はどの部署も忙しく、着任して間もない晃にとっては、他の部に頼み事をするのが躊躇《ためら》われたのだろう。

美咲にしてもそれは同じことではあったが、クライアントからの依頼はいつも厭《いと》わず引き受けた。やりかけの仕事もあったが、確認が取れると大急ぎで資料作成に没頭して完成させ提出に向かった。銀行までは急いで歩けば10分ほどの距離だ。

「もうできたの？　川野さん夕方って言っていたのにまだ昼前じゃないですか、めちゃくちゃ早いですね。僕一人でどうしようかと困っていたから、すっごく助かりました。ありがとう。お願いして良かった。本当にありがとうございました」

晃は何度も繰り返しお礼を言ったが、むしろそれは美咲にとって新鮮な体験となった。

――こんな銀行員もいるんだ、このくらいのこと、やってもらって当然って態度の人いくらでもいるのにね、全然威張ってなくて感じいい人だなぁ。


銀行員は一般的に出世欲が強いといわれるが、それは昇進するに従い給与がかなり上がるからだと美咲は常々思っていた。だから多くの銀行員は自分の評価に直結する直属の上司に認められるように、気に入られるように仕事をする。何かトラブルが起きた時は、まずは保身に走りがちだ。

たとえ周りに迷惑をかけることになるとしても、上司からの命令は絶対だし、自分の評価が下がらないことを重要視しているように思えてしまう。

とりわけ、一般の営業店ではなく銀行の中枢を担うここ本部においてそれは顕著だ。本部で上手いこと上司のお眼鏡に適えば、この先出世の道が開けていくことだって夢ではないからだろう。

銀行員なら一度は本部を経験したいと憧れるし、上に上り詰めていく限られた人材なら、どこかのタイミングで必ず本部を経験することになる。

本部で良い評価を得られれば、その後大抵は営業店の中でも規模の大きい優良店舗へ転勤となる。そしていくつかの店舗で経験を積むなど人によって様々なケースはあるが、いずれにせよ、その後再び本部に戻ってこられれば昇進への道は開けたと考えて良いはずだ。

その道に何とか辿り着くためにお客様よりも上司の評価が優先となって、一体どこを向いて仕事をしているのだろうと呆れてしまうこともあった。

それは銀行という組織の企業体質そのもので、致し方ないことであったとしても、上司の顔色を伺って言うことばかりを聞いているなんて「カッコ悪い」と思うことさえあった。

けれど美咲の抱く銀行員のイメージには、晃は当てはまらないことが徐々に分かった。日々の仕事の中で美咲と晃との関わりは多くはなかったが、それでも次第にお互いの人となりを理解するようになっていった。

晃は常日頃から誰にでも分け隔てなく平等で、謙虚で、丁寧な対応をすることが美咲にはまず驚きだった。そればかりかトラブルが起きた時の対応の仕方や考え方も、美咲の持つ銀行員のイメージを大きく覆すものだった。

「営業店のノベルティ制作は川野さんが担当なんですよね？　細かいことを言う担当者も多いだろうから大変でしょう？　営業店と何かトラブルになったり、理不尽なことを言われたらいつでも僕に電話してくださいね。僕が盾になって川野さんのことを守りますからね」

と言われた美咲は驚いて、事務所に戻ると大騒ぎをした。

「愛ちゃん！　北原さんってなんか違うよ！　何でもやってもらって当たり前って態度がないし、全然横柄なところもないよ！　威張ってないし、とにかく腰が低いの。困ったら盾になるって言われちゃった！」

「今まで、銀行の担当者を庇うために盾にされてきたくらいなのにね。北原さん、ホントいい人すぎて、銀行員にしておくのは勿体ないくらい。銀行の垢にまみれないでほしいなぁ」

「北原さんはこれからエリートになる人なんだから、そんなこと言っちゃダメだって」

美咲は愛と軽口をたたいて笑ったが、出世とか保身よりも社会人としてどう行動するのが自分らしいか、どんなふうに仕事に対して自信と誇りを持っているのか、晃のアイデンティティーに触れた思いがした。

晃は他の銀行の人たちとは違う、美咲ははっきりとそう思った。

けれど、晃に対して好意以上の感情が生まれたわけではなく、単に仕事がやり易くて本当に有難いと思っていたに過ぎなかった。

美咲の勤務する広告代理店の事務所と銀行の本部の中は雰囲気一つだけをとってもまるで違うように、晃とは何もかもが違うのだと思い込んでいた。

事務所では好き勝手に有線放送のＢＧＭを流し、自分の思うように仕事をした。制服もなくていつも自分好みの洋服を着ているから、確かに晃の第一印象通りに、美咲は一見派手なお姉さんに見られることもあった。

事務所を出ればそこは名古屋の街中の立地にあったから、近くにデパートもある。仕事の合間に化粧品を買いに行くくらいの自由が美咲にはあった。やるべき仕事はしているんだから、手の空いた時に買い物をしたからといって咎《とが》められるような社内の雰囲気ではなかった。

美咲の愛用するフランスのメーカーの化粧品は、デパートの売り場の中でも一際目を引く場所にある。買いに行く度、美容部員に勧められるままに気前よく買うので、美咲はこの店のお得意様だった。いつも頼めば店頭でささっと眉のカットくらいはしてくれるから、形を綺麗に整えてもらえることも嬉しい。美容部員の手にかかると美咲の眉頭から眉尻への曲線は見違えるほど美しくなる。アイブロウの新色が今度出ますよ、とチラシを見せてもらって、新商品の説明を受けながらお喋りをする時間は、良い息抜きとなり大切な気分転換の時間だった。

一方で銀行の受付の辺りからちらっと見える本部の中の様子は、しーんとして皆黙々と仕事をしている。

担当でありながら何もかもが窮屈な銀行に行くのは、いつも気が重いことだった。そんな場所で一日中上司の顔色を伺いながら仕事をしている銀行員は、美咲にとっては異次元の世界にいる人たちだった。

何といっても晃のスーツのセンスのなさは絶望的だし、それは後からどうにかなるものとは思えなかった。パンツの丈が微妙に短かめで靴下が少し見えるくらいの不思議なバランスであること、それは初対面の日のスーツだけでなく、どれも似たり寄ったりであることもその後分かった。シャツの色は年中白ばかりで面白くもなんともないし、ネクタイも質の良いものを選べばもっとふんわりと結べるのにと、着るものや身の回りに興味、関心がないことは、異次元の世界の別の価値観を持つ人としか思えなかった。

だから「仕事で関わりがあるいい人」、晃がこの枠からはみ出すことはずっとなかった。

二年ほどが経って、銀行の広報部の中で長いこと病欠する人があり、その人の業務を晃が代行することになった。そして美咲が晃と顔を合わせる機会は増えていった。連日残業だと笑って忙しそうにする晃だったが、広報部の仕事にも慣れて、はつらつと働いているように美咲の目には映った。

時間に余裕はなくても精神的にはゆとりが生まれていたからか、打ち合わせの合間に二人は雑談することが自然と多くなっていった。

「川野さんは休みの日は忙しいですか？　よかったらどこか一緒に出かけませんか」

ある日何の前触れもなく、晃から誘いを受けた。

美咲は突然のことに面喰らって言葉を失ったが、もしあっさりと断ってしまったら傷つけるような気がして曖昧に頷いた。今後の仕事に差し障りがあるのも困ると考えたが、その時の晃の瞳は純粋そのものに思われた。

ストレートな誘い方一つもそうであるように、晃は美咲がこれまで出会った人や広告業界の人たちとは明らかにタイプが違って、本当に「別の世界に住む人」だった。

初めてのデートでは特にあてもなくドライブをした。

運転をしながら晃が話す話題は、一風変わったものに思われた。

晃は本をたくさん読むと言ったが、それは美咲が好むような恋愛小説やエッセイではなく、哲学とか心理学に関するものが主だった。

ドイツの心理学者エーリッヒ・フロムや中国の老荘思想、般若心経やキリスト教などから得た呆れるほどの幅広い知識を、晃はかみ砕いて分かり易く話した。

普通なら、初めてのデートでそんな小難しいような話を聞いたところで少しも楽しくないだろうが、美咲にも分かるように平易な言葉で晃は話すのだった。

「そんな人の名前は聞いたことない、本のタイトルも知らない、初めて聞くわ」

と美咲は答えるばかりだったけれど、晃は馬鹿にするでもなく、ゆっくりと言葉を選んで丁寧に説明した。

「そうだよね、興味が持てなくて当たり前だよね。でも物事の本質を見極めることは日常生活の中でも役に立つし、大事なことだと思うんだ。視点を変えれば当然物事の見え方も変わってくるからね。自分だけの偏った考え方が全てではないことは案外多いって気づけるよ。知らないことを知る、見えないところにも目を向けてみるって面白い発見があるんだよ」

そう言われたからか、その日初めて聞いた心理学者エーリッヒ・フロムの名言は、どれも「貴重なオアシス」といわれる所以が美咲にも分かるような気がした。

それまで知らなかった世界が突如として美咲の目の前に大きく広がり、それはまるで雄大な大自然に包み込まれるかのようであった。

《人生にはただ一つの意味しかない。それは生きるという行為そのものである》
――エーリッヒ・フロム

美咲にとっては未知の分野であったのに、晃の話は一日一緒にいて聞いていても、「面白い」と感じられるものだった。

それは単なる受け売りの考え方や思想の押し付けではなく、晃自身が日常の生活の中に活かしてこそ意味があると分かっていたからに違いない。

だから晃には確固とした自分自身の人生哲学があり、どういう時でもブレるということがないのだと分かった。

「よく一人で馬を見にいくんだ。競馬場にも行くけど、今年の夏は北海道の牧場にも行ってきた。ギャンブルがしたいわけじゃないよ。馬の綺麗な瞳が好きなんだ。澄んでいて嘘がないから、自分の心も透き通るような気がするよ。いい表情を写真に収めたくて、何回もシャッターをきってしまう」

晃は話し出すと止まらない。

「一番好きな食べ物はカレー、毎日でも全然飽きないと思う。野球は断然阪神タイガース、子供の頃からずっと好き。川野さんはどこのファンなの？」

と何気ない会話の間にも、次々と美咲の想像を超えることを話し始める。

「銀行で出世することには何の興味も感じないよ。むしろ田舎町の支店か、何なら定年間際は誰も行きたがらないような小さな出張所にでも飛ばされて、支店長代理くらいで終われたらそれでいい。のんびり働きたいんだ。人を蹴落としたり、要領よく上司に取り入ったり、上手く立ち回って出世して支店長になりたいとか、本部の部長になって役員まで上り詰めたいとか全然思わない。誰かが出世するために必死になっている様子だって見たくもないくらいだよ。銀行で本気を出そうとは思わない。生活の糧として働くだけなのに、自分をすり減らすのはバカバカしいことだからね」

あぁ、そうなのか。そんなふうに思っていたのか。だからほかの人とは何か違うのか、晃の言葉に美咲は納得し、これまでのことが全て腑に落ちた。

「ほかの人とは何かが違う」と思うことが恋の始まりだということは美咲にも分かってはいたが、それでも自分のイメージする恋の相手と晃はやはり違うような気がしていた。晃はほかの多くの銀行員とは違う、出世欲の欠片《かけら》もない。そして銀行員としてだけでなく、人としても「ほかの人とは何かが違う」と思えた。

「どう生きる」ことが自分らしいか、「生きるとはどういうことか」、そして老荘思想の根幹にある、「道（タオ）」を晃は追究していた。それ自体がやっぱり「ほかの人とは何かが違う」と思えるのだった。

だから美咲は、晃と一緒にいると自分がどうしようもなく薄っぺらな人間に思えてきて、自分では晃にふさわしくない、釣り合わないという気がして、一体どうしたものかと考えあぐねていた。

それでも当たり前に仕事はあって顔を合わせる機会はあり、晃の純粋な瞳に見つめられていることに美咲は気がついていた。

それからもはっきりと断るような理由は思い浮かばないうちに、誘われるままに休みに会うようになって半年が過ぎた頃、

「もう、働かなくていいから。君の仕事は忙し過ぎるね」

とプロポーズされたのは、あまりに突然のことだった。

とても自然で、気負いも恰好つけることもなく言われたその言葉には、誠実さと愛が確かに感じられた。

それは美咲がずっと夢に描いてきた理想の結婚とは違う思いがけない形にはなったが、ときめきとか情熱の延長線上には、永遠に続く結婚生活はないのかもしれないと思った。

ただ、漠然とこの人なら信頼できると思えた。尊敬もできるしずっと色々なことを教えてくれるだろうとすんなり退職することに決めて、たくさんの祝福に包まれる中で美咲は晃と結婚した。

美咲は元々働くことが好きだった。

自分が働くことで関わる人たちに感謝をされ喜んでもらえることが、そのまま自分自身の喜びに繋がった。それは仕事を通してでしか得られない喜びであり、そこにやり甲斐を見出していた。

でも晃からそれとなく仕事を辞めるように勧められると、案外それもいいかもしれないと素直に思えるのだった。

同僚の愛は散々、

「意外！　異色のカップル誕生！　本当に大丈夫なの？　出戻ったらまた働きに来てくださいよ。いつでも歓迎しますからね」

とからかったが、美咲には仕事への未練は不思議ともうなかった。

二人の新しい生活は順調そのものだった。

結婚して初めてのお正月を迎える前に美咲の妊娠が分かると、晃はさっそく新居を探し始めた。子供が生まれてくるまでにはアパートから引っ越そうと、名古屋までの通勤に便利の良い住宅街で、新築の一戸建てを購入することに決めた。

美咲は晃の父親になる覚悟がそうさせたのだと分かっていたけれど、その建築工事途中の二階建ての戸建て住宅は幸福の象徴のように思えて、どこか気恥ずかしく感じた。

晃が買うことに決めた物件は、建売住宅にしては玄関は広く、収納スペースも十分で、扉を隔ててリビングダイニングキッチンへ続いている。キッチンは最近主流になってい る対面式で設計されていて、一階にはほかに六畳の和室と洗面と浴室とトイレがあった。二階は主寝室のほかに洋室が二部屋あり、トイレと大きな収納スペースも備わっている。リビングの掃き出し窓にはウッドデッキが繋がっていて、この後行われる外構の工事では芝生とシンボルツリーも植えられるようだ。ガレージには二台分の駐車スペースが設けられていて、生まれてくる子供と三人での生活に美咲の期待は膨らんだ。

けれど、この何一つ文句のつけようもない新築の家からもたらされる幸福感と、晃と一緒に生きていくこと、それ自体からもたらされる幸福感には、美咲にとって全く別の価値があるのだった。

「明日はデパートに行って色々見てきたいんだけど、いいかしら？」

「どうしてそんなふうに聞くの？　君は妻だけれど僕の所有物じゃないんだよ。だからいつだって好きな所に行けばいいし、いちいち許可をとる必要なんかないよ」

それは晃の単なる優しさではなく、妻である美咲を一人の人間として尊重し、自由に行動することは当然の権利だと思っているからこそ生まれる言葉だった。

晃はどんな時でも物事の真髄を見つめ、見極めようとしていた。

結婚してからも、晃のことを誰かに説明するのは難しいことだった。それは、中国の思想「道（タオ）」とは何かを簡単には説明できないことと似ているかもしれない。言葉で言い表すことができるのなら、それは「道（タオ）」ではないといわれるように、晃のことを「夫はこんな人よ」と説明しても、言葉では全てを言い表せないように思えるのだ。

そんな晃から聞く話は、結婚後も尚ハッとするほど新鮮で、美咲に大きな変容をもたらしていった。

晃は老子の説く「無為自然」な生き方や、「愛するということ」についても探求し、自分で導き出したものをいつも美咲に話すのだった。

言葉の端々に溢れる愛はとても温かく本物であり、晃という人そのものだった。

夜眠る前に晃の話が始まると時には深夜三時、四時に及ぶこともあった。生まれてくる子供も早く大きくなって、たくさん晃と話ができるといい、きっと晃に似た賢い子に育っていくのだろうと美咲は思っていた。


けれど、愛が本物であろうとなかろうと、何から何まで完璧に上手くいくことばかりでもなく、一度喧嘩になれば二人ともなかなか自分から折れるということができなくて頑《かたく》なだった。

結婚してから初めて美咲は晃が「片付けない人」だと知った。

それなのに晃は大量のCDや多岐にわたるジャンルの本を次から次へと買ってくる。それらは晃にとってはどれもが宝物で捨てていいものはなく、どんどん増え続ける一方だった。

出産予定日の三か月前には、名古屋から電車で三十分ほどの町の新居に引っ越した。

新居では晃の趣味のために二階の洋室を一部屋使ったが、そこは一向に片付けられる気配もなくさっそく物で溢れかえった。

けれど晃はその散らかった部屋で自分のお気に入りの物に囲まれて、ＣＤを聴いたり本を読んでいつもリラックスしている。

どれが買ったばかりの新しいもので、どれが以前からあるものか美咲には分からないし、どこに片付けるのが正解なのかも分からないという有様だった。

せっかくの新築の家なのに、ずっと掃除できないままで埃がたまる。「ちょっとは片付けてよ」という気持ちがいつも美咲の中でくすぶっていた。

けれど晃は、思い出したように気が向けば突然一気に片付けをすることがあるので、さらにたちが悪いのだった。

大抵それは休みの前の夜中に始まり、朝までかかっていつも綺麗に整頓をした。ただ、その突然片付けるタイミングがいつになるかは晃の気分次第だ。いつかはちゃんとやるのだから美咲が急《せ》かすこともできなかった。

晃が働いて自分で好きなものを買っているんだから文句を言うようなことではないと思っているのだが、何かちょっとしたきっかけがあると、美咲の中でくすぶっている不満は爆発した。

当然晃の方では、好きなことを好きなようにやる自由もないのかとなって、ぶつかり合うことになる。

何日も口をきかない日が続いた後、お互い怒りの感情が落ち着いた頃、夜になると晃は、「ちょっとドライブに行こうか」と美咲を誘うのだった。

運転席と助手席に座れば正面から顔を見て話すより、素直に本当の自分の気持ちを伝えられて、それは良いアイデアだった。

晃は冷静にまず自分の至らなかったところを顧み謝ってから、美咲の悪いところ、今後改めてほしいところを指摘した。大抵はもっともなことばかりで、美咲自身も自分の至らなさを認め素直に「ごめんなさい」と言えるのだった。

晃と美咲は時にお互いを見つめ直し、夫婦としても、より良く生きるということを繰り返しの生活の中で続けていた。

真夏の暑い盛り、予定日より何日か早く美咲は元気な男の子を出産した。

生まれてくるのは男の子だと早くから分かっていたので、晃は真剣に名前を考えていた。

「悠、ってどう思う？　大らかに、ゆったりと育っていってほしいんだ、どう思う？」

「うん、いいね。ゆう、って呼びやすそうね」

新米の父親と母親になった晃と美咲は、悠の成長を見守りながら自分たちも親として育っていった。

悠が二歳の誕生日のその日、晃は仕事を早く切り上げてプレゼントを買って帰ってきた。

絵本と何台ものミニカーに悠は大喜びをして、早く遊ぼうと晃にまとわりつく。晃は自分の着替えさえも後回しにして飛び出す絵本を包みから取り出すと、さっそく読み聞かせを始めた。すると途端に悠ははしゃいだ笑い声を上げて、晃と二人でいつまでも大きな声で楽しそうに笑っている。

晃と遊ぶ時は悠の反応は明らかに違う。お父さんがいいのねぇ、と美咲は思う。晃は悠の気持ちを掴むのがとても上手いが、そもそも子育てにおいての役割は父親と母親では違って、だからこそ両方共必要なのだろうと美咲は思っていた。

初めての子育ては母親にとってはいつも手探りの状態で、美咲は必要以上に神経質になってしまうところがあったが、それを晃はいつも上手くカバーしていた。

母親の美咲にとって日々のゴールは、「夜、悠を寝かしつけること」だ。しっかり睡眠時間を確保しなければ風邪をひきやすくなり、寝不足が色々な病気のきっかけになると考えていた。だから夜はできるだけ早く寝かしつけるために、生活の中の色々な場面でつい悠を「早く」と急《せ》かし、追い立ててしまうところがあった。子供の体調を管理することは母親の大切な役目だと美咲は思っていたのだ。

けれど、晃はいつも悠と一緒に夢中で遊び、悠が飽きるまでいつまでも大らかな気持ちで見守っているのだった。

誕生日の夜は悠の好物のハンバーグとオムライスと海老フライをお子様ランチみたいに可愛らしく皿に盛り付けて、食卓に並べながら美咲は悠の成長を振り返った。

「去年の一歳の誕生日の頃は悠がテーブルに上りたがって、まだ落ち着いて食べることもできなかったわよね」

「あぁ、そうだったよね。言葉が分かるようになってきたから、楽になったよね」

食事が済むと美咲は部屋の照明を落として、苺のホールケーキに二本のロウソクを立てて火をつけた。

悠はまだ吹き消すことが分からないようだが、じっとロウソクの炎を見つめている。

その時、突然目の前が白く感じられるほどに稲妻が光って、大きな雷鳴が轟いた。窓ガラスが細かく震えるくらいの大きな音だ。外では土砂降りの雨が降り出して、天気予報の通り激しい雷雨となった。

地響きのような雷の大きな音を悠は怖がって、二歳の誕生日の写真は全部泣き顔になってしまった。

晃はいつまでも泣きやまない悠を抱っこしてあやしながら、何やら言い聞かせている。悠がようやく泣きやんで遊び始めると、晃はキッチンにいる美咲の方を向いてにっこりと微笑む。

晃が何も言わなくてもそれだけで「悠は大丈夫だからね、安心してね」と伝えていることが美咲には分かった。そんな時、悠が晃からたくさんのことを学び、吸収してくれれば良いと思うのだった。晃がいるから、悠は伸び伸びと賢い子に育っていくと信じていた。

うつを患うということ

晃がうつ病と診断されるまでの一年ほどは、東京と名古屋を行き来しての激務だった。その頃、都市銀行同士の合併が進んでおり、晃の勤務する銀行でも同じだった。他行との合併に向けての準備が進む中で、晃にも東京広報部の辞令が下りた。

晃の勤務する銀行は東京に本店があったが、本部機能は東京と名古屋の両方にあった。ところが辞令は東京の広報部であったものを、晃の希望でこれまで通り名古屋の広報部にも席を残す措置がとられることになった。

大学時代を東京で過ごした晃にとっては、家族で東京に引っ越すよりも、この片田舎の町に留まった方が伸び伸びとした子育てができると考えた結果だった。「悠」という名前にも大らかに育つようにと晃の願いが込められている。

買ったばかりの家もある上、晃は元より親思いで、正孝と八重子の近くで暮らすことが何よりの親孝行だと考えていた。本来はそんな事情は考慮されるはずもないのだが、他行との合併を見据えた大きな変革の時期に、名古屋本部から晃が完全に離れること自体に何らかの不都合があったようで、東京本部と名古屋本部の兼務というイレギュラーな対応で容認されることになった。

月曜日はこれまで通り名古屋に出社し、火曜日は始発に乗って新幹線で東京へ向かい東京本部に出社する。火曜日、水曜日は東京で仕事をして、寝泊まりするのは銀行の単身者用の寮だ。木曜日は東京の時もあれば名古屋の時もあったが、いずれにしても夜には美咲と悠の待つ家に帰る。そして金曜日は名古屋に出社し、休日は自宅で過ごす。

一週間をそんなふうに半分は東京、半分は名古屋で仕事をこなすようになっていた。

単身赴任といっても毎週二泊だけのことだから、生活が大きく変わるようなことはないだろうと、晃も美咲も初めは希望が通ったことを喜んだ。

けれど東京と名古屋を行き来しての二重の生活が半年を過ぎた頃、晃の体調に変化が表れ始めた。

「疲れているのに、寮では夜なかなか寝付けなくて、ようやく眠れるのが二時とか三時ってこともよくあるんだ。家じゃないからリラックスできないのかなぁ。寮からの通勤は遠いから大変だし、ホントしんどいよ。電車が通勤ラッシュで混むのが嫌だから、かなり早い時間の電車に乗ってるけど、途中の駅で乗り降りする人の多さを見てるだけで、もう、うんざりだよ」

晃は家に帰ると、まずそんなことを言うようになった。

名古屋との兼務は叶ったのだが、週に二日寝泊まりするだけの晃は、都心に近い寮は他の行員に譲る形となった。その結果通勤には一時間以上かかり、それが負担になっているのは明らかだった。

「最近本当におかしいんだ、考えがなかなかまとまらないから、仕事が思うように捗《はかど》らなくて、何をするにも時間がかかるんだよ。なんかぼーっとするし、やっぱり疲れてるのかなぁ」

そうこぼして、家に帰ってもベッドで横になる日が増えていった。

「考えがまとまらなくて仕事が捗《はかど》らない」、晃の口からそんな言葉が出ることに美咲はショックを受けた。そんなことが晃にあるのだろうかと、その時初めてこれはただ事ではないと感じた。

考えをまとめて資料や企画書を作成すること、それを誰かに説明することは、これまで晃の得意なことのはずだった。

晃の食欲が少し落ちたように感じた美咲は、好物のカレーさえ控えめによそうようにした。週末にはビールくらいは飲んでいたのに、晃が冷蔵庫からビールを取り出さなくなったことを美咲は不思議に思った。

嫌な予感はいつだって的中してしまうのはなぜだろうか。東京に出勤する火曜日の朝は特に頭痛もひどくなっていった。用意した朝食もおにぎりに少し口をつけただけで残されたままだ。

「お腹すくよ、新幹線の中で何か食べた方がいいよ」

「うん、分かってる」

二日分の着替えの入ったボストンバッグを重そうに持って、晃は家を出ていった。晃の後ろ姿を見送る美咲の表情も自然と曇った。

休むわけにはいかないのだろう。そして自分の意志で東京と名古屋の兼務を認めてもらったのだから、今さらどうしようもないのだろう。もし選択肢があるとすれば、東京の専任になることを条件に通勤が楽になる寮に変えてもらうか、家族で東京に引っ越すかだった。けれど、悠を伸び伸び育てたいという晃の信念と、両親の近くで暮らしたいという思いは強く、辛抱する日々が続いていった。

東京に出社する火曜日、その日の朝は夜明け前から冷たい雨が降り出していた。十月とはいえ降り出した雨のせいか肌寒く感じられて、美咲は思わず身震いをしてしまう。そろそろ家を出なければ始発に間に合わないという頃になって、

「もう、無理かもしれない」

と晃はぽつりと呟いた。いつもと同じように電気をつけてもリビングが薄暗く感じられるのは、天気のせいだけではないだろう。晃の声にはあまりに覇気が感じられなかった。

「今日はもう休めばいい、病院に行った方がいいよ。疲れすぎて眠れないんだよ、きっと」

「うん、そうだね……でも寮も片付けたいし、とにかく今日だけは何とか行く。正直次はいつ東京まで行けるか分からないと思うから」

晃はいつもの大きなボストンバッグを手に傘を差して出て行った。美咲は駅まで車で

送るつもりでいたが、悠が何故だかこんな日に限って早くに目を覚ましたようで、泣き声が聞こえる。慌てて二階に駆け上がった美咲は、見送りさえできなかった。

「悠、お父さん東京に行っちゃったよ。もう、無理って言って。でも東京に行っちゃった」

悠をもう一度寝かしつけながら、分かるはずもないのに、つい、そう呟いた。

翌週、晃は休みの連絡を入れて、初めて総合病院を受診した。内科で症状を話すと精神内科に回され、うつ病との診断だった。

「診断書が貰えたよ。三か月くらいは療養が必要なんだって。あぁ、これで本当にゆっくり休める。なんでこんなに眠れなかったり頭痛が続くのかと思ってた。うつ病だって分かって良かったよ」

晃は病気の診断がついてホッとしたのか嬉しそうにしている。そんな晃の様子につられて美咲も安心した。うつ病のことは何も知らないくせに、大した病気でもないのだと高を括《くく》っていた。

美咲にとっても、晃本人でさえも、病気の全貌が分かるのはそれからもう少し後のことで、初めて病院に行ったその日は、「風邪をひいて当分休み」という程度の軽い気持ちでいたことは本当に愚かなことだった。

仕事を休み始めた晃は、少し身体が楽になると通院の帰り道に何冊も本を買ってきた。うつ病のことを自分で理解するための本ばかりだ。

寝室のサイドテーブルには、うつ病の症状や治療法、薬などについて詳しく書かれた本が何冊も積み上げられた。本を読むことで自分に起きている症状はうつ病の特徴で、誰にでも当てはまることなんだと思えることが、晃には安心材料となっていた。けれど体調には波があって、本を読める時とそれすらできずただ布団の中でじっとうずくまっているだけの日も多かった。

晃は手間をかけさせないようにと、美咲が声をかければ昼と夜の食事は一緒にしたが、食欲にもむらがあって、「美味しく食べる」という感じは希薄だった。

お気に入りの音楽すら聴くこともままならず、何をする気力も湧かないのだと晃は言う。晃の表情がすっかり乏しくなったことも美咲には気にかかる。笑顔がないばかりか、喜怒哀楽のどれも表情からは読みとれないのだ。「生きている」というより、ただ「息をしている」だけのように感じられて、生気がまるでないのだった。

うつ病の治療は一般的には投薬で行われる。ただ飲んですぐに効くような薬はなく、効果が表れるまでに二週間はかかるところが一番厄介なのだ。処方された薬が患者に合って効果があるか否かは、飲み始めて二週間経たないと本人も医師にも判断ができない。二週間飲み続けても効果がないとなれば、そこでようやく別の薬が処方される。そしてまた二週間飲み続けた後、効果があるか否か判断するといった具合で、とにかく治療には根気と長い時間が必要なのだ。その上薬の副作用が付いて回り、時にはその副作用をコントロールするための薬さえ必要なくらいだ。文字通り薬漬けとなって、そこに睡眠導入剤も加わる。

効果があるかどうかも分からない中で、副作用の激しい劇薬を服用し続けることは、精神的にも追い詰められてしまう。効果が感じられなければ治る日が来ると信じられず、希望を失ってしまうのだ。

時間だけはあって、一日中だって眠っていてもいいのに熟睡することもできない中で、自分を無能で価値がない存在だと思い、焦燥感で一杯になるうつの症状に晃が悩まされる日々は続いていた。

その頃、朝目が覚めると、今夜の睡眠導入剤の適量はどのくらいだろうかと考えることが晃の習慣になっていた。睡眠導入剤を使えば「眠る」ことはできるけれど、ただ時間を飛び越えただけのように感じて、熟睡するのとは全然違うと晃は言う。けれどまるで眠らないと気持ちの休まる時がなく、つらいことに変わりはなかった。

「昨夜は一錠飲んで眠れたけれど、目が覚めた時に薬が残るような感じがあって気分が悪いんだ。やっぱり半分にしておいた方がいいのかなぁ」

起きてまず考えることが今夜眠る方法という現実は、どれほど想像力を働かせても健康な美咲には理解できず、心の病であるうつ病のことが少しずつ分かってきたとはいっても、晃のつらさに寄り添うことは難しかった。

「あれ？　ここに半分残しておいた睡眠導入剤知らない？」

晃はダイニングテーブルの上に残しておいた薬を必死に探している。美咲は声の強さに驚いてたじろいだ。

「ごめんなさい、私、間違って捨てちゃったかもしれない。ティッシュの上に置いてあった？　よく見なかったんだと思う。悠が口に入れたりしていないといいんだけれど」

「あぁ……もういいよ」

薬が捨てられてしまったことは晃には耐え難いショックだったようで、そのまま何も言わず寝室に入っていってしまった。

「ごめんなさい、これからはよく気をつけます」

もう晃はそこにいないのに、美咲の言葉だけがキッチンに取り残された。

悠は一人で録画された幼児向けのテレビ番組を喜んで見ている。父親の病気のことも母親の気持ちも、何も知らないまま、分からないままで。

予定外に薬が足りなくなれば、予約さえしていないのに、また薬を貰いにいかなければならない。総合病院で薬一つ貰うだけにかかる恐ろしく長い待ち時間を考えると、幼い悠を連れて美咲が病院に行くことは難しく、そうかといって今の晃は自分の行動も思うようにはならなくて、薬を貰うことでさえ大仕事に感じてしまうのだ。だから美咲が薬をうっかり捨ててしまったことですら晃を絶望させるのだった。

うつ病の治療法は薬を飲んで何もせずただゆっくりとしていればいいのなら、怠け者のようで随分楽じゃないかと勘違いされ易いが、自責の念は強いし、テレビを観る気力さえ湧かない、音楽すら聴いていられない状態は身の置き所のないつらさがあるのだった。

「気分転換に散歩に出てきたら」とか、「たまには外食に出かけましょうよ」と勧めたとして、もしもその通り何でも実行できるのなら、その人はうつ病ではないということが美咲にも分かるようになっていた。

薬が足りなくなったからと、いつでもさっさと病院に行って処方箋を貰い、薬を受け取りに行けるのなら、いちいち絶望なんてしなくて済むし険悪な感じにもならないだろう。

晃がうつ病と診断されて敏感になっているからか、ある日「プチうつ」という言葉を耳にしたが、「プチ」なうつの症状などあるわけはないと美咲は心底呆れる気がした。うつの症状は「プチ」といえるほど気軽なものではないのだ。

うつ病を患う人にとっては、トイレに行くことさえ一大決心だ。晃も自宅のトイレに行くことさえ、とんでもなく億劫だと言う。

健康な人でも、電車とバスを乗り継いで遠くまでトイレに行くとなったら結構な心構えがいるだろう。うつ病を患う人にとってはそれが日常で、調子が悪い日にはトイレがさらに遠く感じられて、動けなくなってしまうのだ。

うつ病の症状は気力とか、精神力とか、根性で克服できるようなものではない。うつ病は脳の中の神経伝達物質の働きが本来より弱まることで起こると解明されつつある。脳内の出るべき物質が弱まることで脳のエネルギーが欠乏し生活に支障をきたしてしまうのなら、それを気持ちとか頑張りでどうにかしようと思っても、どうにもならないのは当然だろう。

うつ病を患うと「死んでしまいたい」という気持ちが湧いて、実際最悪の場合は死に至る。

けれど、本当にひどい症状の時は、行動を起こすことさえできないので自死には至らない。実行する気力すらないからだ。だからちょっと良くなって、動けるようになってきた時が却《かえ》って危ない。

外出もできるようになって良くなってきた、という周囲の油断が仇となる。

美咲はこれらのうつ病の様々な知識を晃の本から徐々に知ることになった。

調子が良い時には晃が話して教えてくれることもあった。それは、これまでと変わらないような気がして、美咲には嬉しいことだった。

「自分が死んでしまうことで、大きなショックを受ける人が誰にでも五人いるんだって。その五人の人生は変わってしまうんだって。だから五人のために絶対に病気に負けたらダメって書いてあった。これは本当に、確かにそうだと思うんだ」

晃の場合も確かに五人だと二人で確認する。

妻の美咲、息子の悠、そして両親の正孝と八重子、それから弟の航の五人だ。

もしも晃がいなくなったらこの五人のショックは計り知れないほど大きなものになるし、人生だって変わってしまう。

「良くなったり悪くなったりを繰り返して、少しずつ良くなっていくから焦ったらダメなんだ。ちょっと楽になっても、そのまま良くはならなくて、また戻るからすごく不安になる。治らないんじゃないかって。でも時間がかかるんだ。それから、病気の間に大きな決断をするのはダメなんだって。判断を誤って後で後悔することになるから。病気が治ってから考えればいいいんだって」

晃は自分にも言い聞かせるように、美咲に話した。

晃はそれを守り、不安や焦燥感と闘いながらも退職することはなく銀行に留まった。銀行側も十分な理解をもって復職の日を気長に待つと言ってくれたことは、美咲には有難いことに思えた。

一般的にはうつ病の原因は様々あって、それらの心理的、環境的な要因がいくつか絡み合って発症するケースもあるようで、はっきりとこれが原因と特定できないケースも多いらしい。晃の場合は東京と名古屋での二重の生活、それ自体が大きな負担であったことは間違いなく一つの原因といえる。だがそれは晃が望んだことで、会社を責め、責任を問う理由は何一つなかった。療養中も上司からは定期的に様子を尋ねる連絡が入り、いつも晃は温かい言葉をかけてもらっていた。その上、福利厚生の制度は充実していて安心して休める環境にあった。だから美咲にできることは、ただ治ることを信じる、それだけだった。

晃は一日中起き上がれず、布団の中にいることがほとんどで、今までの生活とは明らかに変わってしまった。何もかもが。

美咲が悠と二人でどこかに出かけて家に帰っても、晃は布団に入って横になっていることが多かった。

悠はさっきまで友達と元気に遊んで、世の中がエネルギッシュに動いている昼間の時間帯でさえも、布団の中でただじっとしている晃を目の当たりにすると、うつ病のことをもうほとんど理解しているつもりの美咲でさえも気分が沈んだ。

外は明るいのに晃の寝ている寝室は、いつもカーテンが引かれて薄暗くて時が止まっているように感じられた。

その感覚は幼い悠にとっても同じだったのだろう。晃が仕事を休み始めて暫くすると、悠に不自然なほどのまばたきや咳払いなどのチックの症状がみられるようになった。美咲はこれ以上悠の気持ちに負担がかからないよう、悠を守ることに必死になった。晃も悠のチックが自分の病気が原因となっていることで焦り、もがき苦しんでいた。

うつを患うということは決して本人だけの問題ではなく、一緒に暮らす家族にも大きな影響を及ぼす。たとえうつが治ったとしても、一旦良くなってまた再発を繰り返すのだとしても、自ら人生を終わらせる最悪の結果になったとしても、どの場合でも家族はその渦中に巻き込まれ、時には本人と同じくらい苦しみ、もがき、壮絶なつらさを味わうことに変わりはない。

それでも仕事を休み始めて三か月くらいが過ぎると、晃は徐々に体調の良い日が増えてきた。

「悠、今日はお父さんと飛行機を見に行こうか」

「わあ、悠、お父さんも一緒で嬉しいね！」

晃は余裕が出てくると、悠を喜ばせようと一生懸命だった。

久しぶりの家族揃ってのお出かけに、悠は車の中でもはしゃいでいた。チャイルドシートに座り、お気に入りのアニメの主題歌を大きな声で歌って美咲を笑わせる。

公園も併設された空港施設の敷地はとても広い。最近建て替え工事が行われたばかりの新しい空港の建物に続く坂道は、長くまっすぐに伸びていて結構な距離があった。

うつの症状の一つに歩く速度が遅くなることがあるが、晃のペースに合わせて坂道をゆっくり歩くことはとても無理だった。

元気一杯に悠は「ひこうきー、はやくはやくぅ」と駆け出していき、美咲はそれを追いかけた。

暫くして振り向くと、ずっと遠くにカメの歩みのように、ゆっくりゆっくりと歩く晃の姿があって、あぁ、本当に病気なんだなと美咲は痛感する。

「ごめん、ごめん、遅くって。でもこれでも普通に歩いてるつもりなんだよ。あぁ、今日は悠と三人で来れて嬉しいよ、もうちょっとだと思う、ようやく楽になってきたから」

美咲には晃が楽には見えなかった。表情が戻ったとも思えなかったけれど、前向きな言葉が聞けるだけで美咲の心は明るくなった。

「うん、良かった。悠もすごく嬉しそうだものね」

快晴の空の下で離陸する前の飛行機の大きな翼が、すぐそこで輝いているのが見て取れる。

やがて機体は滑走路を走り、空へと飛び立っていく。

その様子を間近に見られて、悠は何度も指を差し興奮していた。

「かっこいい！　ひこうき！　とんでいった」

晃がふいに悠を見つめて言った。

「お父さんが元気になったら、今度は飛行機に乗ってどこかに行こうか、悠はどこに行きたい？」

「おきなわ！　おきなわにいく、だってかずくんもいったんだよ、おきなわにいく！」

美咲の兄が家族で沖縄旅行に行ったのは、この前のお正月のことだ。悠は和くんからお土産をもらって、旅行の写真を何枚も見せてもらっていた。

「沖縄か、よし、分かった。じゃあ悠が幼稚園に入る頃までにはきっと行こうね、約束するよ」

「わあい、おきなわにいくよ、おとうさんとひこうきでいくよ」

展望デッキから飛行機が離着陸するところを、晃と悠は飽きることなくいつまでも見ていた。

吹く風はまだ少し冷たく感じられたが、二人の後ろ姿を見つめる美咲には、もうすぐそこまで春が近づいてきているように思えた。

冬晴れの澄み切った青空には、細長くまっすぐに伸びるひこうき雲が浮かんでいる。

「おとうさん、ながーいくもだよ、ほら、あそこ」

「あれはね、ひこうき雲っていうんだよ。飛行機が飛んで行った後にできる雲なんだよ。

でもひこうき雲は消えていくんだ」

「ふうん」

悠は目を輝かせて喜んでいたから、美咲が旅行代理店で沖縄旅行のパンフレットをもらってくると、二人はよくそれを眺めて楽しそうに話をしていた。その日、晃に売店で買ってもらった空港で働く車のミニカーのセットで、悠はそれから毎日遊んでいた。

家族三人で沖縄に行くという目標ができたことで、これで本当にきっと良くなると思えて美咲も治る未来だけを信じていた。

エピローグ

晃が亡くなって一か月ほどしてから、美咲は担当の医師に会いに行くことにした。

お世話になったお礼を言うような心境にはまだなれなかったけれど、ただ、晃の病気の様子が医師からみてどの程度のものだったのかを知りたいと思った。それを今さら聞いたところで仕方がないのだが、ちゃんと聞かなければ納得もできないし、晃の死を受け入れて悠と二人で生活していかなければならないのに、進んでいけないように感じていたからだ。

電話で問い合わせると担当の医師は勤務先が間もなく変わることを聞いた。その日でなければもう会うことも叶わなかったので本当に運が良かった。

担当の医師が若い女性だったことは美咲には意外だったが、晃にとっては話がし易かったに違いないと思わせるような優しそうな医師だった。

「薬の効果もあって改善傾向は見られていましたけれど、症状は悪い方へ戻る時もあって、これは苦しいだろうなと思うことはありました。一旦良くなって楽になるから、また悪い状態に戻ることが本人にとっては余計に不安で怖いんです。一度奥様にも来ていただいて、お話できる機会があると良いかなと思っていました」

医師の言葉に美咲はショックで何も言えなかった。

もっともっと、晃のつらさに寄り添えば良かった。

通院にも付き添って先生の話を一緒に聞けば良かった。

晃は一人で何とでもするだろうと悠のことだけを優先してしまった。

美咲は医師に会って話を聞いてから後も、結局は晃の死を受け入れるどころか、後悔と自責の念に苦しめられる日々はずっと続いた。

分かっていなかった、理解が全然足りなかった、せめて会って謝りたい。

あの日だって、帰ったら謝ろうと思っていたのに。謝ることすらできなかった。

美咲は自分の愚かさを責めて、来る日も来る日も後悔し続けた。

何をどれほど後悔しても現実は変わらない。晃は病気で亡くなったのだ。だから自分を責めて、そこに気持ちを留めることには何の意味もないのだと気づくまでには、それからまだ相当の年月がかかるのだった。


四十九日の法要を終え、四月になると悠は幼稚園に入園し、新しい環境での生活がスタートした。近所には同じ年頃の子供が多く、悠が毎日元気に遊ぶ様子を見るにつけ美咲がほっとできる時間は自然と増えていった。

百箇日が過ぎてお墓開きを行って月日は経っていき、日々の供養の中で少しずつ気持ちは落ち着いていった。誰かの慰めの言葉で急に楽になれることはなかったが、時間の経過だけは確実に美咲を現実へと引き戻していった。

晃が亡くなったのは冬の終わりだったのに、いつの間にか気がついたら暑い季節になっていてカレンダーはもう七月に変わっていたという感覚だった。

冬だったはずなのに、もう夏が来ていた！　そのくらい季節を飛び越えるみたいに時間の流れ方が不思議だった。でもようやくこの頃になって美咲の意識はしっかりと元に戻った。

ただ、晃が亡くなってから、夜はなかなか眠れなかった。夜がなぜだかいつも怖くて、じっと目を閉じていることができなかった。眠れないままで夜が明け始めて、辺りが少し明るくなってきたと分かる頃に、ようやく眠りにつく日々が続いていた。

美咲がバレエに出合ったのはそんな頃だ。

何気なく眺めていた市の広報紙に市民講座の案内が載っていた。

「大人のための初めてのバレエ」の文字に目が留まって、途端にもう忘れていたバレエへの憧れが溢れた。

小学生の頃、クラスメイトが教室で踊ってみせてくれたのが始まりだった。「綺麗！私も踊ってみたい！」と羨ましく思うだけで、習いたいと言い出す勇気はなかった。

大人になってスポーツクラブに通っていたある日、スタジオでトウシューズを履いた少女たちを偶然目にした。背筋がスッと伸びた立ち姿に見とれ、「あぁ、バレエを習えていいなぁ」と胸が締め付けられるほどせつなくなった。

通りかかった道の途中で、バレエスタジオから漏れ聞こえるピアノの音色にじっと耳を傾け佇んだ日もあった。

これまでに抱いてきた憧れが、美咲を前向きな気持ちへと導いた。

市民講座なら気軽に始められるし、身体を動かすことで夜眠れるようになるかもしれない。悠が幼稚園に行っている昼間の時間なら大丈夫と申し込むことに決めた。

三十代の半ばになって、とうに諦めていたバレエを習う機会が訪れたことに不思議な巡り合わせを感じていた。

公共の施設の大ホールで行われるレッスンは気楽で、美咲にはむしろ好都合だった。レッスン内容は痩身や健康を目的にしたバレエエクササイズではなく、憧れていたクラッシックバレエだということも分かった。

Tシャツにジャージ姿で挑んだ初めてのバレエは、先生のお手本とは似ても似つかず、回を重ねてもいっこうに上達することはなかった。

十回の講座が終わる頃、美咲は恥ずかしさから、続けるかこれきりにしようかと迷っていた。

「もうちょっと、やってみたら?」

その時ふと、晃の声が聞こえたような気がした。

それは、晃がいたら、きっとそう言うだろうと思う気持ちの表れだったかもしれない。

晃の死後、暫くは晃の存在を感じるような出来事は度々あった。

晃が勧めてくれたような気がして、もう少し続けてみようと思い直す気持ちが生まれた。

そのうち少し慣れてくると、先生のお手本を間近にみられ、バレエのメソッドを少しずつ覚えていくことに心はときめいた。

半年が過ぎる頃には、出来ないながらも音楽に合わせて踊ることは楽しいと思うようになり、レッスンに集中することで心のモヤモヤがなくなって、気持ちがスッキリと軽くなることは心地良い体験だった。

身体を動かすことは自然に心が動くことにも繋がって、バレエは疲弊していた美咲の身体にも心にも良く効いた。

こうしてバレエは美咲の日常に根付き、美しさの中にある強さに魅了されていった。

朝、目が覚めると今日もレッスンに行けると気持ちが弾んだ。踊ることの楽しさ、夢中になれる喜び、新しいことに挑む刺激、自分なりに進歩できたという自信、続けられることへの感謝、そして先生、仲間との出会い。

いつしかバレエを通して多くの恵みがもたらされていった。

晃が美咲に遺したものは色々とあるが、バレエはその中の特別な一つになった。

晃が亡くなって三年が経って、悠は小学校に入学してからもまだまだ不安定になることがあって、それはそのまま美咲の状態でもあった。

夜布団に入ってから、「お父さんはどこにいるの？　どうしてお星さまになっちゃったの？　お父さんに会いたい」と泣き出す日さえあった。

「そうだね、お父さんに会いたいね」美咲も悠の気持ちを受けとめるだけで精一杯だった。

そんな頃に悠は「犬を飼いたい」と言うようになった。

美咲は子供の気まぐれだろうとはぐらかしていたのだが、何度か言われるうちに、それが望みなら叶えてあげたいと考えるようになった。

元気に楽しく暮らしていけるようになるのなら、きっかけは何だって良かったのだ。

散歩や世話のあれこれや近所迷惑にならないよう配慮することなどを考えると億劫な気持ちもあったが、悠のためなら犬を飼うことくらいはどうということはない、やってやれないことはないはずだと飼うことに決めた。

犬を飼えば何もかも解決できると思っていたわけではないが、毎日の生活に少しでも良い変化が生まれることを美咲は願っていた。

こうして、パピヨンのメスの仔犬を迎えたのは、悠が小学校に入学して暫く経ってからのことだった。名前は「ルイ」と付けた。

美咲と悠とルイの暮らしはそうして始まっていったのだ。

今、ルイは年をとってリビングの陽のよく当たるいつものお気に入りの場所で、一日の大半を眠って過ごすようになった。背中を丸くして眠る様子を見ているだけで美咲はどこかほっとした気持ちになる。

晃がいてくれたら、と思うことは何度でもあった。途方に暮れてしまうような出来事もいくつも起こった。

けれど美咲があの日に想像したような「罰」を受けることはなかった。晃が亡くなった後に思った通り、「今日は悠に何を食べさせよう、この子が元気で大きく育つように」と、その日々を積み重ねていく、まさにその繰り返しであった。

そんな中でも、バレエやルイとの出合いのように、晃が亡くなったことでむしろ「人生が思いも寄らない方向に開けていった」といえるようなことや、もしも晃が元気でこれまで通りの暮らしがあったとしたら、決して繋がらなかったであろうご縁にいくつも恵まれたことは、あの頃の美咲には想像すらできないことであった。

再び仕事を始めることで働く喜びを存分に味わえたこと、悠を通して出会った多くの人たちとの温かい関わりが生まれたこと、晃が追究していた哲学や精神世界についての学びを深めていけたことは、どれもが新しい息吹となって美咲の人生を彩り、豊かに広げていった。

今振り返ると、それは晃からもたらされた、たくさんのギフトであったように思える。

「ねぇ、ルイにだって会えたんだものね。私の人生だって捨てたものじゃなかったわよねぇ。だからこれから先だってドラマチックで面白いことが起こるわよ、きっと」

――だって悲しかったこと、苦しかったこと、もう全部喜びに変えてきたんだから。

美咲は、冬の終わりの暖かな陽射しの下で眠るルイの頭をそっとなでた。

藤咲えこ（ふじさき・えこ）

1967年3月　愛知県生まれ
2022年8月　個人ブログの開設を機に短編小説「Azalea～アザレア」を執筆。幻冬舎ルネッサンス短編小説コンクールに応募を経て、出版に至る。ブログでは、亡き舅、姑との思い出を綴ったテーマが人気。幅広いテーマでエッセイブログとして投稿中。

アザレアに喝采《かっさい》を

2023年12月20日　第1刷発行

著　者　　藤咲えこ
発行人　　久保田貴幸

発行元　　株式会社 幻冬舎メディアコンサルティング
〒151-0051　東京都渋谷区千駄ヶ谷4-9-7
電話　03-5411-6440（編集）

発売元　　株式会社 幻冬舎
〒151-0051　東京都渋谷区千駄ヶ谷4-9-7
電話　03-5411-6222（営業）

印刷・製本　中央精版印刷株式会社
装　丁　　田口美希

検印廃止

Printed in Japan
ISBN 978-4-344-69018-9 C0093
幻冬舎メディアコンサルティングＨＰ
https://www.gentosha-mc.com/